CHONGWENGUAN

读古人书　友天下士

百余年前，崇文书局于武昌正觉寺开馆刻书，成晚清四大书局之一。所刻经籍，镌工精雅，数量众多，流布甚广，影响巨大。为赓续前贤，昌明国学，弘扬文化，本社现致力于传统典籍的出版。既专事文献整理，效力学术，亦重文化普及，面向大众。或经学，或史论，或诸子，或诗词，各成系列，统一标识，名之为"崇文馆"。

崇文馆

中国古典诗词校注评丛书

秦观词全集 【汇校汇注汇评】

石海光　编著

长江出版传媒　崇文书局

中国古典诗词校注评丛书
编撰委员会

前　言

　　秦观(1049—1100),字太虚,后改字少游,号邗沟居士,世称淮海先生。高邮(今属江苏)人。其青少年时期,慷慨豪俊,喜读兵书,渴望有朝一日能够参与征辽与西夏的战争,建立不世功业。同时探古揽胜,广结师友,亦曾走马章台,浪漫冶游。二十六岁时,秦观得知苏轼将途经扬州,模仿其笔法作诗数首,题于一寺院壁上。苏轼见之大惊,后在孙觉(莘老)处看到秦观所作诗词数百篇,不禁由衷赞叹道:"向书壁者岂此郎邪?"由此可知秦观此时已展现出非凡才华。后苏轼知徐州,秦观亲往拜谒,投归门下。苏轼对其格外赏识,称其文"有屈宋姿",并鼓励他留心举业。虽然其后几年中秦观的科举之路并不顺利,但乡居苦读令其博通经史、百家及佛老之学,获益匪浅。

　　宋神宗元丰八年(1085),三十七岁的秦观终于进士及第,就任蔡州教授。宋哲宗元祐年间,高太后主持朝政,起用旧党,秦观经苏轼、范纯仁等人荐举入朝,历任太学博士、秘书省正字、国史院编修等职。期间虽因受洛、蜀党争牵连小有蹭蹬,但总体仍堪称宦途顺遂,春风得意。他与苏轼继续保持着亦师亦友的亲密关系,并与黄庭坚、张耒、晁补之一道,被时人并称为"苏门四学士",名满朝野。

　　元祐八年(1093),高太后崩,哲宗亲政,次年改元绍圣,举凡元

1

祐年间在朝的旧党中人被尽行罢黜。秦观出为杭州通判，途中遭御史刘拯以"增损《神宗实录》"弹劾，贬为监处州酒税。两年后，又以莫须有的"谒告写佛书"罪名被削秩徙郴州，之后再贬横州、雷州。接踵而至的打击令秦观心境抑郁低沉，几近万念俱灰，遂自作挽词，情辞哀苦。

元符三年(1100)，宋哲宗崩，徽宗即位，元祐旧臣被陆续宽赦，秦观复宣德郎，放还衡州。是年八月，北上至藤州，游于光华亭，索水欲饮。家人持水至，秦观笑视之而卒，时五十二岁。其昔年曾作《好事近》词云："醉卧古藤阴下，了不知南北。"竟一语成谶。

作为"苏门四学士"之一，秦观在诗、文、词方面均颇有建树。其文以策论为主，是其最为看重、着力尤多的文体，内容涉及法律、财用、兵法、边防等诸多方面，各篇均命意紧凑，议论透辟，同时又广征博引，时出譬喻，具有很强的说服力。而且他能够将华美的文辞与谨严的章法、缜密的思致熔于一炉，既文采斐然，又言之有物，确可谓词华气古，事备意高。故此其文备受时人推崇，被誉为得西汉遗风，长于议论，文丽思深。不过，世易时移，秦观之文在后世的地位却越来越呈现出"江河日下"态势，至今日，绝大多数文学史、作品选中都难以见到秦观文章的踪影，纵偶有提及也不过以"成就有限"之类寥寥数语一带而过。之所以时人与后世之评价如此悬殊，当与理学家对秦观的批判有关。秦观在日曾卷入蜀洛党争，程颐等对其人其作便多有指摘。至朱熹，对秦观的攻击尤为激烈，《朱子语类》中对其诗文乃至人品几乎全盘否定。由于理学特别是朱熹在中国思想史上的巨大影响，后人在品鉴人物发表观点时难免不受其左右。此外，这种状况的出现与古今文学观念的变迁也不无关系：以今天偏重于"纯文学"的视角去观照古代的"杂文学"现象，结论自然不同。客观而论，秦观之文固然在体裁、题材等的丰富性、独创性方面存在着不足，与韩、柳、欧、苏等大家难以相提并论,但仍有独到之处,称其自成一家当不为过。

秦观的诗歌在内容方面堪称丰富,报国之志、忧民之嗟、朋友之谊、羁旅之愁等尽现其中;艺术风格上则经历了由前期精细纤巧到被贬后沉郁高古的转变。相较而言,最具个性特色、也最为人所关注的是他那些以清新婉丽之笔写景寄怀的作品。这类诗作历来毁誉不齐,赞赏者以"鲍谢"拟之,指摘者则称之为"诗如词"、"小石调"、"女郎诗"、"终伤婉弱"……总体来看毁大于誉。诗在人们心目中长期形成的正统地位、特定时代的审美风尚、评论者本人持有的诗学观等多方面因素是造成此种现象的原因所在,其是否客观公允姑且置之不论,视角如此集中、指向如此一致的指摘恰恰也证明了秦观此种风格的独树一帜。而且,即便视为瑕疵,哪怕不能接受,在其同样也是一种美的存在形式这一点上大多没有疑议。因此,穿透那些旧时代的陈俗与传统的偏见之后不难发现,秦观诗的独特美学风貌自有其存在价值,事实上也已经获得了历史的认可。

秦观诗文不为后世所重很大程度上也是由于为其词名所掩。可以说,秦观的文学史地位主要是由他的词奠定的。清人冯煦《蒿庵论词》中曾称其为"后主而后一人而已",他人亦多有以李后主比附少游者。若详较之,秦观在受身世牵累而致词风转变这一点上确与李后主有一定相似处,但若论到具体创作,则少游就是少游,独一无二,绝无人可替代、比拟。

秦观词大抵以绍圣元年(1094)为界分为前后两期,内容主要有写艳情和写羁愁两类。一般来说,前期写艳情较多,后期则以表现羁愁为主。

在艳情词的写作上,秦观或以女子为表现对象,对其体态神情进行描摹,以其口吻写闺中思绪;或表现自身在与女子交往过程中的感情纠结。前者中有一些为应歌之作,如《品令》二首,其一:

掉又嬿,天然个品格,于中压一。帘儿下时把鞋儿踢,语低低，笑咭咭。　　每每秦楼相见，见了无门怜惜。人前强不欲相沾识，把不定，脸儿赤。

其二：

　　幸自得，一分索强，教人难喫。好好地恶了十来日，恰而今，较些不？　　须管啜持教笑，又也何须肐织。衡倚赖脸儿得人惜。放软顽，道不得。

通篇皆以方言写成，既有富于代表性的外在动作、情态描写，亦有符合人物身份的内在情感表现，将女子的娇嗔柔媚写得生动真切，如在目前。这类作品格调固然说不上高，但笔调轻松，描摹精切，富有很强的趣味性、娱乐性，传统道学气的所谓"秽亵"之类评价是站不住脚的。秦观还有不少"作闺音"之词，所遭诟病相对较少。如《桃源忆故人》：

　　玉楼深锁薄情种，清夜悠悠谁共？羞见枕衾鸳凤，闷即和衣拥。　　无端画角严城动，惊破一番新梦。窗外月华霜重，听彻梅花弄。

写少妇闺中思绪，以慵懒体态、清冷景色映衬人物心境，真切可感。这类作品虽系代言，但能够看出少游绝不满足于仅作表象化的泛泛而言，而是努力进入女子的内心世界，力求真切地表现出她们的所思所感。与前人同类作品相比，既涤除了花间的浓腻脂粉气，又没有柳永"词语尘下"之弊端，柔婉细腻，独有一番风致。

更能够打动人心的是秦观抒写自身与女子交往之际所思所怀的作品。与大多数古代文人一样，秦观一生亦殊不乏风流韵事，甚至曾因此被劾以"不检""薄于行"。然考之以词作，"不检"或诚有之，浮浪"薄行"则未必尽然。试观其名作《满庭芳》：

　　山抹微云，天粘衰草，画角声断谯门。暂停征棹，聊共引离樽。多少蓬莱旧事，空回首，烟霭纷纷。斜阳外，寒鸦数点，流水绕孤村。　　销魂，当此际，香囊暗解，罗带轻分。谩赢得，青楼薄幸名存。此去何时见也？襟袖上，空惹啼痕。伤情处，高城望断，灯火已黄昏。

据《苕溪渔隐丛话》，此词为思念某歌妓而作。上阕描写秋日特有的衰飒萧索景象，烘托出典型的离别氛围，虽并未直接言情，但以无声胜有声，其百结之愁肠，满怀之离索实已呼之欲出。下阕转入对离情的具体表现，从解囊赠别，泪湿襟袖直到茫然回首，最后仍以景色作结，于迷离惝恍中充分表达出流连难舍却又无助无奈的满腔幽怨。通观全篇，字里行间绝无半点狎玩之意，所能见者唯有一片真情至性。再观其分别写给妓女娄东玉、陶心儿的赠别之作《水龙吟》（小楼连远横空）、《南歌子》（玉漏迢迢尽），情感表现亦复如是。即便是出于一面之缘、仓促偷情之后的《阮郎归》（宫腰袅袅翠鬟松）、《御街行》（银烛生花如红豆），于事虽难称风雅，但其情深恨长之处亦足以令人动容。前人有谓："他人之词，词才也。少游，词心也。"（陈廷焯《白雨斋词话》引乔笙巢语。亦见冯煦《蒿庵论词》，冯氏曾从乔笙巢学词。）用之于此类作品，"词心"当指少游与女子交往时的真心投入和付诸笔端之时的"以心为词"。其可谓深于情，工于情，也正唯其如此，方能写出《鹊桥仙》中"两情若是久长时，又岂在朝朝暮暮"的"化臭腐为神奇"之语。

自宋哲宗绍圣元年（1094）始，秦观步入了他迁谪流落的后半生，心境低沉抑郁，几近万念俱灰，天涯苦恨、孤旅羁愁成为其词作的集中主题，词风亦由先前的清丽柔婉变而为凄怨哀伤，且愈演愈甚。其作于绍圣二年（1095）的《千秋岁》云：

水边沙外，城郭春寒退，花影乱，莺声碎。飘零疏酒盏，离别宽衣带。人不见，碧云暮合空相对。　　忆昔西池会，鹓鹭同飞盖,携手处,今谁在。日边清梦断,镜里朱颜改。春去也,飞红万点愁如海。

秦观少时虽喜读兵书,却只是书生意气而已,其性格实际颇为柔弱。于政治方面,他当然也不乏古代文人共有的宏图远志,但直到不惑之年才做到秘书省正字、国史院编修的现实令他不能不冷静、理智地去面对。然而即便如此,仍然"失势一落千丈强",完全因为受到牵连而招致不幸,被一贬再贬。因此,词中抚今追昔,连昔日京中屈沉下僚的生活也显得格外令人思恋,却偏又遥不可及,忧从中来,无端无涯,不可断绝,均付之于"飞红万点愁如海"的凄婉浩叹。

然而,对秦观的打击并不会因此而稍有减弱,其漂泊流荡的生涯才刚刚拉开帷幕。当他由处州而至郴州,未几又将移送横州时,心境已近乎绝望,于是有了流传甚广的《踏莎行·郴州旅舍》:

雾失楼台,月迷津渡,桃源望断无寻处。可堪孤馆闭春寒,杜鹃声里斜阳暮。　　驿寄梅花,鱼传尺素,砌成此恨无重数。郴江幸自绕郴山,为谁流下潇湘去!

也许大道如青天,也许真有武陵源,但这一切均非为秦观而设,陪伴他的只有孤馆中的春寒料峭,斜阳里的杜鹃哀鸣。当此际,秦观之纠结沉痛几已不可理喻,连本当令人平添温暖的友朋问候也变成了献愁供恨之具,于是移情于物,借终下潇湘的郴江哀叹自身的身不由主。事实上,受佛道影响甚深的秦观也在努力寻求解脱,但主要是性格使然,最终还是无力解脱,对此他自己也有清楚的认识,哀苦便只有更深更重。缘此,他的"醉卧古藤阴下"(《好事近·梦中作》)、"醉乡广大人间小"(《醉乡春》)云云绝不是脱略形迹的超迈放旷,反恰是无奈无助、难以言状之内心世界的曲折显影。

秦观词向以"情韵兼胜"著称。在"情"一面,其专主情致、深于情工于情之长由前文所论已可见出。除此之外,其"情胜"还表现在创造性地"将身世之感打并入艳情"(周济《宋四家词选》)。词本属"艳科",自晚唐来多表现花间樽前、男欢女爱。李后主将本属于一己的身世之痛泛化为普世情感,变伶工之词为士大夫之词,已意味着一种突破。至苏轼以诗为词,"一洗绮罗香泽之态,摆脱绸缪宛转之度"(胡寅《题酒边词》),将人生感慨、政治遭际尽入词中,更是打开了一片全新的天地。当然,这些改变并没有从根本上动摇传统的艳情词占据词坛创作主流的局面。尽管传统路线、习惯意识有着强大的影响,但是杰出的词人并非一成不变地株守传统,而是适时地加以变化。柳永已经开始将自己的身世飘零之感融入到别情之中,秦观则更是在个人政治遭际中的失路之悲与男女倾慕欢会后的相思离索间搭建起了一座沟通的桥梁。试看其《减字木兰花》:

> 天涯旧恨,独自凄凉人不问。欲见回肠,断尽金炉小篆香。　　黛蛾长敛,任是东风吹不展。困倚危楼,过尽飞鸿字字愁。

本篇作于绍圣年间,是传统的思妇念远题材,但又绝非一般意义上的"男子作闺音",而是以男女之间的不能相得表现自己在现实政治中遭排挤、受打击的苦痛愁闷,细腻宛转地写出了贬谪中强烈的"天涯旧恨"。此种创作法式于诗中早有屈原的"美人香草"开其端绪,但在词中却前所未见。因此,秦观的这一新变不但为身世之感找到了又一宣泄渠道,丰富了传统艳情词的表现领域,而且使其更具有普遍感染力,从而使传统词的创作在遇到强劲挑战之际被注入了新的活力。

秦观词的"韵胜"则表现为意境深婉,含蕴悠长。他十分善于

营造"以我观物,物皆著我之色彩"的"有我之境",寓情于景,于不言中诉尽心中无限事。如《八六子》:

> 倚危亭,恨如芳草,萋萋刬尽还生。念柳外青骢别后,水边红袂分时,怆然暗惊。　无端天与娉婷。夜月一帘幽梦,春风十里柔情。怎奈向,欢娱渐随流水,素弦声断,翠绡香减。那堪片片飞花弄晚,濛濛残雨笼晴。正销凝,黄鹂又啼数声。

全词以一"恨"字贯穿,既有对昔日之欢的追溯,又有对离后之苦的回味,也有对现实之悲的慨叹,回环往复,缠绵悱恻,柔婉蕴藉。特别是最后几句景语尤为精警:"片片飞花""濛濛残雨"的凄迷朦胧之境正令人意乱情迷,凄楚无限,忽以"黄鹂又啼数声"戛然收束,以景结情,将无尽情思皆付之言外,令人欲罢不能,徒呼奈何。其他又如"雾失楼台,月迷津渡,桃源望断无寻处"(《踏莎行》)、"自在飞花轻似梦,无边丝雨细如愁"(《浣溪沙》)等,将人自然引入一派迷离惝恍,漫无际涯的情感氛围中,不待作者说知已自挥之不去,摆布不脱。此种审美效果的取得与秦观的语言运用亦有着直接关系。其文不甚深,清丽典雅却又不失亲切,貌似浅淡却又韵致无穷,兼以音律谐婉,自然本色,所以真正做到了雅俗共赏:既符合文人士大夫的审美趣味,又不远离普通民众的情感世界。

要之,在中国词史上,秦观由于紧密承祧传统一脉,在革新解放意义上自不可与苏轼相提并论,但他"情韵兼胜"的创作成就仍然体现为一种突破,赋予了传统婉约词以新鲜血液,且为之指出向上一路。因此,秦观为婉约正宗固属定论,称其在婉约词史上前无古人应亦实至名归。

本书的编撰以唐圭璋《全宋词》(中华书局 1965 年版)为底本,并参考龙榆生《淮海居士长短句》(中华书局 1957 年版),杨世明

《淮海词笺注》(四川人民出版社 1984 年版),周义敢、程自信、周雷《秦观集编年校注》(人民文学出版社 2001 年版),徐培均《淮海居士长短句笺注》(上海古籍出版社 2008 年版)等各种相关著作及中国基本古籍库等电子资源。同时,前贤时彦的丰富研究成果也为编写工作助力颇多,限于篇幅,未能一一注明,特此表示诚挚谢意。

目 录

1

元祐年间(1086—1093)

绍圣年间（1094—1097）

元符年间(1098—1100)

存疑词

误署词

6

附　录

（1049—1077）|

熙宁年间及更早

浣溪沙

香靥凝羞一笑开，柳腰如醉暖相挨，日长春困下楼台。
照水有情聊整鬓，倚栏无绪更兜鞋①，眼边牵系懒归来。

【题解】

此词约作于熙宁初或更早，写一少女游春情态，春病春愁，春情脉脉，全由外在体貌动作表现出来，虽未直接言情，但其微妙细腻处分明可感。虽具体创作年代已不可考，但由内容来看，应出于词人青年时代。

【注释】

①兜鞋：将鞋提起，写少女之下意识动作。

【汇评】

明沈际飞：上句妙在"照水"，下句妙在"兜鞋"，即令闺人自模，恐未到。（《续编草堂诗余》）

清贺贻孙：诗语可入填词，如诗中"枫落吴江冷""思发在花前""天若有情天亦老"等句，填词屡用之，愈觉其新。独填词语无一字可入诗料，虽用意稍同，而造语迥异。如梁邵陵王纶《见姬人》诗"却扇承枝影，舒衫受落花"，与秦少游词"照水有情聊整鬓，倚栏无绪更兜鞋"同一意致，然邵陵语可入填词，少游语决不可入诗。赏鉴家自知之。（《诗筏》）

品　令（二首）

其　一

掉又嬛①，天然个品格，于中压一②。帘儿下时把鞋儿踢，语低低，笑咭咭。　　每每秦楼相见，见了无门怜惜。人前强不欲相沾识，把不定，脸儿赤。

其　二

幸自得,一分索强,教人难喫③。好好地恶了十来日,恰而今,较些不④?　　须管啜持教笑,又也何须肒织⑤。衡倚赖脸儿得人惜⑥。放软顽,道不得⑦。

【题解】

此二首以青楼女子口吻表现其娇嗔柔媚,皆用方言写成。清焦循《雕菰楼词话》云:"秦少游《品令》'掉又媱,天然个品格',此正秦邮土音,用'个'字作语助,今秦邮人皆然也。"据此,二篇应作于熙宁年间词人年少游冶之时。

【注释】

①掉:美好;媱(tiáo):娇艳。

②压一:压倒一切之意,犹云第一。

③幸自得:本来是;索强:犹争强、恃强;难喫:难受。

④恶:气恼,烦闷;较些不:好些不。

⑤啜(chuò)持:哄骗,逗引;肒(gē)织:即胳肢,用手搔弄腋下使发笑。

⑥衡(zhūn):全、尽。

⑦放软顽:犹撒娇。

【汇评】

清李调元:秦少游《品令》后段云:"须管啜持教笑,又也何须肒织。衡倚赖脸儿得人惜。放软顽,道不得。""肒织"、"衡"、"倚赖",皆俳语。"衡"音谆,《西厢》:"一团衡是娇。"又一首云:"掉又媱,天然个品格,于中压一。""掉又媱"、"压一",皆彼时歌伶语气也。末云:"语低低,笑咭咭。"即乞乞,皆笑声。(《雨村词话》)

迎春乐

菖蒲叶叶知多少①,惟有个,蜂儿妙。雨晴红粉齐开了,露一点,娇黄小。　　　早是被,晓风力暴,更春共,斜阳俱老。怎得香香深处,作个蜂儿抱?

【题解】

此词亦当作于早年,以隐喻手法写男女情事,历来评价不一。客观而论,词作内容难称"雅正",用喻也并不新巧,然笔调轻松,娱乐性很强。

【注释】

①菖蒲:植物名。多年生水生草本,有香气。叶狭长,似剑形。肉穗花序圆柱形,着生在茎端,初夏开花,淡黄色。全草为提取芳香油、淀粉和纤维的原料。根茎亦可入药。民间在端午节常用来和艾叶扎束,挂在门前。《孝经援神契》:"椒姜御湿,菖蒲益聪。"

【汇评】

明沈际飞:巧妙微透,不厌百回读。(《草堂诗余别集》)

清彭孙遹:柳耆卿"欲傍金笼教鹦鹉,念粉郎言语",花间之丽句也。辛稼轩"蓦然回首,那人却在灯火阑珊处",秦周之佳境也。少游"怎得香香深处,作个蜂儿抱",亦近似柳七语也。(《金粟词话》)

清沈雄:谀媚之极,变为秽亵。秦少游"怎得香香深处,作个蜂儿抱",柳耆卿"愿得奶奶兰心蕙性,枕前言下,表余深意",所以"销魂当此际",来苏长公之诮也。

清陈廷焯:读古人词,贵取其精华,遗其糟粕。且如少游之词,几夺温、韦之席,而亦未尝无纤俚之语。读《淮海集》,取其大者高者可矣。若徒赏其"怎得香香深处,作个蜂儿抱"等句,则与山谷之"女边著子,门里安心"其鄙俚纤俗相去亦不远矣。少游真面目何由见乎?(《白雨斋词话》)

促拍满路花

露颗添花色,月彩投窗隙。春思如中酒,恨无力。洞房咫尺,曾寄青鸾翼①。云散无踪迹,罗帐薰残,梦回无处寻觅。

轻红腻白，步步薰兰泽。约腕金环重，宜装饰。未知安否？一向无消息。不似寻常忆。忆后教人，片时存济不得②。

【题解】

本篇写女子思念情人的春愁，以情态、动作、衣饰等直接描摹人物心境，有五代之风。约为早期之作。

【注释】

①青鸾翼：喻书信。青鸾是古代传说中凤凰一类的神鸟，赤色多者为凤，青色多者为鸾。又称青鸟，指传送信息的使者。宋赵令畤《蝶恋花》："废寝忘餐思想遍。赖有青鸾，不必凭鱼雁。"

②存济：《诗词曲语词汇释》："安顿或措置之意。"此句谓内心迷乱，难得片刻安宁。

桃源忆故人

玉楼深锁薄情种，清夜悠悠谁共？羞见枕衾鸳凤，闷即和衣拥①。 无端画角严城动②，惊破一番新梦。窗外月华霜重，听彻梅花弄③。

【题解】

明末毛晋刻《淮海词》作《虞美人影》，写少妇闺中思绪，以慵懒体态、清冷景色映衬人物心境，真切可感。约为早期之作。

【注释】

①闷即和衣拥：《金粟词话》作"闷则和衣拥"。

②画角：古管乐器。传自西羌。形如竹筒，本细末大，以竹木或皮革等制成，因表面有彩绘，故称。发声哀厉高亢，古时军中多用以警昏晓，振士气，肃军容。帝王出巡，亦用以报警戒严。南朝梁简文帝《折杨柳》诗："城高短箫发，林空画角悲。"严城：戒备森严的城池。南朝梁何逊《临行公车》：

"禁门俨犹闭,严城方警夜。"

③梅花弄:《梅花三弄》的省称,古曲名。据明朱权《神奇秘谱》称,此曲系由晋桓伊所作的笛曲改编而成,全曲主调出现三次,故称。

【汇评】

明杨慎:自是凄冷。(批《草堂诗余》)

明李攀龙:不解衣而睡,梦又不成,声声恼杀人。又:形容冬夜景色恼人,梦寐不成,其忆故人之情,亦辗转反侧矣。(《草堂诗余隽》眉批及评)

清彭孙遹:词人用语助入词者甚多,入艳词者绝少。惟秦少游"闷则和衣拥"新奇之甚。用"则"字亦仅见此词。(《金粟词话》)

清陈廷焯:彭骏孙《金粟词话》云:"词人用语助入词者甚多,入艳词者绝少。惟秦少游'闷则和衣拥'新奇之甚。用'则'字亦仅见此词。"按此乃少游恶劣语,何新奇之有? 至用"则"字入词,宋人中屡见,如"拚则而今已拚了,忘则怎生便忘得",又"忆则如何不忆"之类,亦岂谓之仅见? 董文友词云:"暗笑那人知未,薄幸从前既。"押"既"字稳而有味,似此方可谓善用语助入艳词者。(《白雨斋词话》)

临江仙

  髻子偎人娇不整,眼儿失睡微重,寻思模样早心忪①。断肠携手,何事太匆匆。 不忍残红犹在臂,翻疑梦里相逢②,遥怜南埭上孤篷③。夕阳流水,红满泪痕中。

【题解】

熙宁五年(1072),秦观入吴兴孙觉幕,本篇或作于此前后。作品表现即将辞亲远行之际夫妻间惜别之情。

【注释】

①忪(zhōng):心动不定。唐李贺《恼公》:"银液镇心忪。"

②"不忍"二句:语本唐元稹《莺莺传》:"张生……自疑曰:'岂其梦邪?'

7

及明,睹妆在臂,香在衣,泪光荧荧然,犹莹于茵席而已。"

③南埭:地名,指召伯埭(今江苏扬州邵伯镇),在词人故里高邮之南,故称南埭。

【汇评】

明沈际飞:(起句)两句佳人之神。(结句)自饶花色。(《草堂诗余续集》)

望海潮

奴如飞絮,郎如流水,相沾便肯相随。微月户庭,残灯帘幕,匆匆共惜佳期。才话暂分携,早抱人娇咽,双泪红垂。画舸难停,翠帏轻别两依依。　　别来怎表相思?有分香帕子,合数松儿①。红粉脆痕,青笺嫩约②,丁宁莫遣人知。成病也因谁?更自言秋杪③,亲去无疑。但恐生时注著,合有分于飞。

【题解】

诸明刻本均在调下有题《别意》。通篇均用俚俗口语,写分别之际郎情妾意两相缠绵,语浅情深。应属少游早期之作。

【注释】

①分香帕子:即香罗帕。合数松儿:成对的松子。此二物均为表相思情意的赠品。

②脆痕:娇嫩脸庞上的轻轻泪痕。嫩约:初次相约。

③秋杪:暮秋,秋末。唐唐彦谦《初秋到慈州冬首换绛牧》:"秋杪方攀玉树枝,隔年无计待春晖。"

【汇评】

明徐渭:寻常浅语,自是生情。(评点段斐君刊《淮海集长短句》)

河 传

乱花飞絮,又望空斗合①,离人愁苦。那更夜来,一霎薄情风雨②,暗掩将,春色去。　　篱枯壁尽因谁做③?若说相思,佛也眉儿聚。莫怪为伊,底死萦肠惹肚④,为没教,人恨处。

【题解】

本篇写思妇离情,虽有无限愁苦,但仍甘心情愿,则愁苦中又自有一分温柔甜蜜在。观其笔力格调以及由此反映出来的少年心性,作者彼时应涉世未深,故约作于熙宁年间。

【注释】

①斗合:凑在一起,聚集。宋史介翁《菩萨蛮》词:"柳丝轻飐黄金缕,织成一片纱窗雨。斗合做春愁,困慵熏玉簪。"

②一霎:顷刻之间,一下子。唐孟郊《春后雨》诗:"昨夜一霎雨,天意苏群物。"

③篱枯壁尽:谓家中什物已经枯尽。刘义庆《世说新语·排调》:"桓玄素轻桓崖,崖在京下有好桃,玄连就求之,遂不得佳者。玄与殷仲文书,以为嗤笑,曰:'德之休明,肃慎贡其楛矢;如其不尔,篱壁间物亦不可得也。'"后世遂以"篱壁间物"谓家园所产之物。

④底死:通"抵死",老是,总是。宋晏殊《蝶恋花》词:"百尺朱楼闲倚遍。薄雨浓云,抵死遮人面。"

菩萨蛮

虫声泣露惊秋枕,罗帏泪湿鸳鸯锦①。独卧玉肌凉,残更与恨长。　　　阴风翻翠幔②，雨涩灯花暗。毕竟不成眠，鸦啼金井寒③。

【题解】

《草堂诗余》调下题作《闺怨》，《唐宋诸贤绝妙词选》调下题作《秋思》。词作表现闺中思妇之心境，由寒夜特有之外在景物而及内在情怀，颇具花间风味，当为熙宁间作品。

【注释】

①鸳鸯锦：指绣有鸳鸯的锦被。唐温庭筠《菩萨蛮》词："水精帘里颇黎枕，暖香惹梦鸳鸯锦。"

②翠幔：翠色的帷幔。南朝陈顾野王《艳歌行》之三："窗开翠幔卷，妆罢金星出。"

③金井：栏上有雕饰的水井，诗词中多用来形容清冷之境。南朝梁费昶《行路难》："唯闻哑哑城上乌，玉栏金井牵辘轳。"

【汇评】

明李攀龙：惟其恨长，是以眠为不成。（《草堂诗余隽》眉批）

明沈际飞：秋枕黄叶，无情物耳。用两"惊"字，无情生情。（《草堂诗余正集》）（按：此则乃就本词与另一《菩萨蛮》"金风簌簌惊黄叶"两篇而言。）

明徐渭：语少情多。（评点段斐君刊《淮海集长短句》）

明卓人月："毕竟"二字，写尽一夜之辗转。（《古今词统》）

明陆云龙：苦境。（《词菁》）

俞陛云：清丽为邻，且余韵不尽，颇近五代词意。（《唐五代两宋词选释》）

阮郎归

宫腰袅袅翠鬟松①，夜堂深处逢。无端银烛殒秋风，灵犀得暗通②。　　　身有限，恨无穷，星河沉晓空。陇头流水各西东,佳期如梦中。

【题解】

本篇写一女子邂逅偶发之恋情,事详参下首《御街行》。上阕坦率交代过往情事,下阕写别后之思念,身世之感隐含其中。因事涉香艳,后世褒贬不一。

【注释】

①宫腰:《韩非子·二柄》:"楚灵王好细腰,而国中多饿人。"又《后汉书·马廖传》:"楚王好细腰,宫中多饿死。"后因以"宫腰"泛指女子的细腰。宋柳永《木兰花·柳枝》词:"楚王空待学风流,饿损宫腰终不似。"

②灵犀:旧说犀角中有白纹如线直通两头,感应灵敏。因用以比喻两心相通。唐李商隐《无题》诗之一:"身无彩凤双飞翼,心有灵犀一点通。"

【汇评】

明沈际飞:中冓之言,不可道也;所可道也,言之丑也。(《续编草堂诗余》)

清贺裳:南唐主语冯延巳曰:"'风乍起,吹皱一池春水',何与卿事?"冯曰:"未若'细雨梦回鸡塞远,小楼吹彻玉笙寒',不可使闻于邻国。"然细看词意,含蓄尚多。至少游"无端银烛殒秋风,灵犀得暗通""相看有似梦初回,只恐又抛人去几时来",则竟为《蔓草》之偕臧、顿丘之执别,一一自供矣。词虽小技,亦见世风之升降,沿流则易,溯洄则难,一入其中,势不自禁。(《皱水轩词筌》)

清邹祗谟:《词筌》云:词至少游"无端银烛殒秋风"之类,而《蔓草》顿丘,不惟极意形容,兼亦直认无讳,数语可谓乐而不淫。(《远志斋词衷》)

御街行

银烛生花如红豆,这好事,而今有。夜阑人静曲屏深,借宝瑟,轻轻招手。可怜一阵白苹风,故灭烛,教相就。　　　　花带雨,冰肌香透。恨啼鸟,辘轳声晓。岸柳微风吹残酒^①。断肠时,至今依旧。镜中消瘦,那人知后,怕你来僝僽^②。

【题解】

据杨偍《古今词话》:"秦少游在扬州刘太尉家,出姬侑觞。中有一姝,善擘箜篌。此乐既古,近时罕有其传,以为绝艺。姝又倾慕少游之才名,颇属意。少游借箜篌观之。既而主人入宅更衣,适值狂风灭烛,姝来且亲,有仓卒之欢,且云:'今日为学士瘦了一半。'少游因作《御街行》,以道一时之景。"按:本篇所叙情事,与上篇《阮郎归》绝似,此类事于人一生中实难重现,且两篇用语命意皆直白浅易,故均当就此一事而发。

【注释】

①"恨啼鸟"以下三句,别本又作"恨啼鸟,辘轳声,晓岸柳,微风吹残酒"。

②僝僽(chán zhòu):埋怨,责怪。周邦彦《青玉案》:"只愁彰露,那人知后,把我来僝僽。"

江城子

枣花金钏约柔荑^①,昔曾携,事难期。咫尺玉颜,和泪锁春闺。恰似小园桃与李,虽同处,不同枝。　　玉笙初度颤鸾篦^②,落花飞,为谁吹?月冷风高,此恨只天知。任是行人无定处,重相见,是何时?

【题解】

此篇写对意中人的苦苦思恋,字面意颇为显豁,然其具体究竟何指殊难索解。从词中看,这场思恋似乎注定不会有理想结局,与对方虽曾近在咫尺却再无缘亲近,最终只能花自飘零,劳燕分飞。周义敢、程自信、周雷编著《秦观集编年校注》猜度为少游及第之前暂居某显贵家时所作,情侣乃主人之歌妓或宠姬。据此，则与前之《阮郎归》《御街行》本事有相类之处。写作年代，《秦观集编年校注》以《阮郎归》与本篇为熙宁、元丰间，《御街行》为元祐间；徐培均《淮海居士长短句笺注》则以《阮郎归》《御街行》为同时，"笺注"中谓熙宁间，附录之少游年表中又谓元丰间，于本篇则未署。若三篇所涉确系一人一事，则情事过程颇具少年风流之性，行文风调亦与后来之清丽蕴藉大异，以此揆之，似应以才名初露、年少游冶之熙宁末为妥，故本书置三篇于一处。然并无确切依据，聊备一说。

【注释】

①"枣花"句：枣花金钏：刻有枣花图样的金镯。柔荑：植物初生的叶芽。旧时多用来比喻女子柔嫩洁白的手，也借指女子的手。《诗经·卫风·硕人》："手如柔荑，肤如凝脂。"约：环束，如"约指""约臂"。汉繁钦《定情诗》："何以致拳拳，绾臂双金环；何以致殷勤，约指一双银。"宋张枢《风入松》词："记伴仙曾倚娇柔，重迭黄金约臂，玲珑碧玉搔头。"

②鸾篦：鸾凤形的篦梳。唐李贺《秦宫诗》："鸾篦夺得不还人，醉睡氍毹满堂月。"

(1078－1085)

元丰年间

沁园春

宿霭迷空^①，腻云笼日^②，昼景渐长。正兰皋泥润^③，谁家燕喜；蜜脾香少^④，触处蜂忙。尽日无人帘幕挂，更风递游丝时过墙。微雨后，有桃愁杏怨，红泪淋浪^⑤。　　风流寸心易感，但依依伫立，回尽柔肠。念小奁瑶鉴，重匀绛蜡^⑥；玉笼金斗，时熨沉香^⑦。柳下相将游冶处，便回首青楼成异乡。相忆事，纵蛮笺万叠^⑧，难写微茫。

【题解】

诸明刻本调下多题作《春思》。上阕描摹春景，下阕抒写别情，接转无痕，至若无迹，哀怨凄恻，令人叹惋。当作于熙宁末或元丰初。

【注释】

①宿霭：久聚的云气。唐张籍《新城甲仗楼》诗："睥睨斜光彻，阑干宿霭浮。"

②腻云：浓厚的云层。唐杜牧《春日茶山病不饮酒因呈宾客》诗："山秀白云腻，溪光红粉鲜。"

③兰皋：生满兰草的涯岸。《楚辞·离骚》："步余马於兰皋兮，驰椒丘且焉止息。"朱熹集注："泽曲曰皋，其中有兰，故曰兰皋。"

④蜜脾：蜜蜂营造的酿蜜的房，其形如脾，故称。唐李商隐《闺情》诗："红露花房白蜜脾，黄蜂紫蝶两参差。"

⑤淋浪：流滴不止貌。晋陶潜《感士不遇赋》："感哲人之无偶，泪淋浪以洒袂。"

⑥绛蜡：红烛。苏轼《次韵代留别》诗："绛蜡烧残玉斝飞，离歌唱彻万行啼。"此处指胭脂一类化妆品。宋谢逸《南乡子》词："冰雪染胭脂，绛蜡香浓落日西。"

⑦玉笼：香笼；金斗：熨斗。"金""玉"为美称，非指材质。沉香：熏香料

名。《太平御览》引《南州异物志》："沉水香出日南，欲取，当先砍坏树著地，积久外皮朽烂，其心至坚，置水则沉，名沉香。"

⑧蛮笺：蜀地所产名贵的彩色笺纸。唐陆龟蒙《酬袭美夏首病愈见招次韵》："雨多青合是垣衣，一幅蛮笺夜款扉。"

【汇评】

宋严有翼：予又尝读李义山《效徐陵体赠更衣》云："清寒衣省夜，金斗熨沉香。"乃知少游词"玉笼金斗，时熨沉香"，与夫"睡起熨沉香，玉腕不胜金斗"，其语亦有来历处，乃知名人必无杜撰语。（《苕溪渔隐丛话》引《艺苑雌黄》）

明沈际飞：委委佗佗，条条秩秩，未免有情难读，读难厌。（《草堂诗馀别集》）

浣溪沙

锦帐重重卷暮霞，屏风曲曲斗红牙①，恨人何事苦离家。枕上梦魂飞不去，觉来红日又西斜，满庭芳草衬残花。

【题解】

此篇或作于元丰初举进士未第后，由酒筵歌席之会一转而至思乡之愁苦，哀乐互衬，情以景出，深婉动人。明代刻"淮海长短句"诸本篇末附注："前段用元微之天台诗意，后段婉约有味，尾句尤含蓄深思。"

【注释】

①斗：拼凑。红牙：乐器，檀木制的拍板，用以调节乐曲的节拍，亦称牙板、檀板。

【汇评】

明徐渭：好在景中有情。（评点段斐君刊《淮海集长短句》）

清黄苏：沈际飞曰："前人诗'梦魂不知处，飞过大江西'，此云'飞不去'，绝好翻用法。"按："重重""曲曲"，写得柔情旖旎，方唤得下句"何事"字起;即第二阕"飞不去",亦从此生出。写闺情至此,意致浓深,大雅不俗。
(《蓼园词选》)

南乡子

妙手写徽真①,水剪双眸点绛唇。疑是昔年窥宋玉,东邻,只露墙头一半身②。　　往事已酸辛,谁记当年翠黛颦③?尽道有些堪恨处,无情,任是无情也动人④。

【题解】
本篇作于元丰元年(1078)四月。时苏轼知徐州,作《章质夫寄惠崔徽真》。是年四月,少游谒苏轼于徐州,得睹此诗并画,故赋此词。词作妙用典故并承苏轼诗意,揣想画中美人心事,用思堪称精妙。

【注释】
①徽真:崔徽画像。据唐元稹《崔徽歌》题下注云:"崔徽,河中府娼也。裴敬中以兴元幕使蒲州,与徽相从累月。敬中使还,崔以不得从为恨,因而成疾。有丘夏善写人形,徽托写真寄敬中曰:'崔徽一旦不及画中人,且为郎死。'发狂卒。"

②"疑是"三句:典出宋玉《登徒子好色赋》:"天下之佳人,莫若楚国;楚国之丽者,莫若臣里;臣里之美者,莫若东家之子;增之一分则太长,减之一分则太短;著粉则太白,施朱则太赤;眉如翠羽,肌如白雪,嫣然一笑,惑阳城,迷下蔡。然此女登墙窥臣三年,至今未许也。"少游以此喻崔徽之美貌。

③"往事"二句:苏轼《章质夫寄惠崔徽真》中有句曰:"当时薄命一酸辛",少游此处承东坡意而来,言崔徽不得如愿相从裴敬中之恨。

④"任是"句:语出唐罗隐《牡丹》诗:"若教解语能倾国,任是无情也动人。"

望海潮

　　秦峰苍翠，耶溪潇洒，千岩万壑争流①。鸳瓦雉城，谯门画戟②，蓬莱燕阁三休③。天际识归舟，泛五湖烟月，西子同游④。茂草台荒，苎萝村冷起闲愁⑤。　　何人览古凝眸，怅朱颜易失，翠被难留。梅市旧书⑥，兰亭古墨⑦，依稀风韵生秋。狂客鉴湖头，有百年台沼，终日夷犹⑧。最好金龟换酒，相与醉沧洲⑨。

【题解】

　　本篇作于元丰二年(1079)。据清秦瀛《淮海先生年谱》，是年少游"省大父承议公及叔父定于会稽。……乃东游鉴湖，谒禹庙，憩蓬莱阁。是时，给事广平程公辟领越州，先生相得欢甚，多登临唱酬之什……作《会稽怀古》诸词。"或因畅游酒酣而致胸襟阔朗，此作绝少向来之婉约风味，虽在怀古中亦隐然可见功名未就的牢骚感慨，但整体风格上的豪旷潇散溢于言表。

【注释】

　　①秦峰：秦望山。耶溪：若耶溪。皆为当地胜景，据传秦始皇曾登临秦峰，使李斯刻石；西施曾浣纱若耶溪。

　　②谯门：建有瞭望楼的城门。《汉书·陈胜传》："攻陈，陈守令皆不在，独守丞与战谯门中。"颜师古注："谯门，谓门上为高楼以望者耳。"

　　③三休：休止三次。汉贾谊《新书·退让》："翟王使使至楚，楚王欲夸之，故饗客于章华之台，上者三休而乃至其上。"后因以"三休"为登高之典。南朝梁何逊《七召·宫室》："步三休而未半，途中宿而方迷。"少游此处为形容蓬莱阁之高。

　　④此三句用范蠡西施典：《越绝书》："吴亡后，西施复归范蠡，同泛五湖而去。"

⑤苎萝村:传为西施故里。《吴越春秋·勾践阴谋外传》:"国中得苎萝山鬻薪之女曰西施、郑旦。"

⑥梅市:地名,在今浙江绍兴境内,相传汉梅福避王莽乱,至会稽,人多依之,遂与村市。详见《汉书·梅福传》。唐刘长卿《送人游越》:"梅市门何在,兰亭水尚流。"此句谓昔日梅福所习之《尚书》《穀梁春秋》等典籍。

⑦兰亭:亭名,在浙江省绍兴市西南之兰渚山上。东晋永和年间,王羲之等雅集于此,并创作散文、书法名作《兰亭集序》,"兰亭古墨"即指此。

⑧狂客:贺知章,自号"四明狂客"。鉴湖:又称镜湖,在浙江绍兴西南二公里。台沼:亭台池沼,此指贺知章退隐游逸之所。李白《对酒忆贺监》:"狂客归四明,山阴道士迎。敕赐镜湖水,为君台沼荣。"夷犹:本指犹豫迟疑不前,此处谓流连不返。

⑨金龟换酒:李白《对酒忆贺监序》:"太子宾客贺公,于长安紫极宫一见余,呼余为'谪仙人',因解金龟,换酒为乐。"沧洲:滨水之地,古时常用以称隐士的居处。三国魏阮籍《为郑冲劝晋王笺》:"然后临沧洲而谢支伯,登箕山以揖许由。"

【汇评】

明沈际飞:词为故实拖叠所累。(《草堂诗余续集》)

满庭芳·茶词

雅燕飞觞,清谈挥麈①,使君高会群贤。密云双凤,初破缕金团②。窗外炉烟似动,开瓶试,一品香泉。轻淘起,香生玉尘,雪溅紫瓯圆③。　　娇鬟,宜美盼④,双擎翠袖,稳步红莲⑤。坐中客翻愁,酒醒歌阑。点上纱笼画烛,花骢弄⑥,月影当轩。频相顾,余欢未尽,欲去且流连。

【题解】

本篇作于元丰二年,时少游在会稽,见前首《望海潮》(秦峰苍翠)题解。

其此时诗作《会蓬莱阁》有"冠裳盖坐洒清风,轩外时闻韵籊笼。人面春生红玉液,银盘烟覆紫驼峰";《再赋流觞亭》有"月下佩环声更好,应容挥麈伴公听",与本篇场景差相仿佛。

【注释】

①燕:通宴。飞觞:举杯或行觞。《文选·左思〈吴都赋〉》:"里燕巷饮,飞觞举白。"挥麈:挥动麈尾。欧阳修《和圣俞聚蚊》:"抱琴不暇抚,挥麈无由停。"

②密云:茶名。双凤:谓茶饼之上所印刻之图案。缕金团:指茶饼之外以金丝或金花包裹。

③玉尘:指茶叶粉末。唐白居易《游宝称寺》:"酒嫩倾金液,茶新碾玉尘。"紫瓯:紫砂茶具。宋蔡襄《试茶》:"兔毫紫瓯新,蟹眼清泉煮。"

④眄:明张綖刻《淮海长短句》作"盼",意同。

⑤红莲:指女子的红鞋。《南史·齐东昏侯纪》:"凿金为莲花以贴地,令潘妃行其上,曰:'此步步生莲花也。'"

⑥花骢:即五花马。唐杜甫《骢马行》:"邓公马癖人共知,初得花骢大宛种。"此处指走马灯。

虞美人

　　行行信马横塘畔①,烟水秋平岸。绿荷多少夕阳中,知为阿谁凝恨背西风②?　　红妆艇子来何处?荡桨偷相顾。鸳鸯惊起不无愁,柳外一双飞去却回头。

【题解】

　　本篇作于元丰二年(1079)游会稽之时,同时所作诗《游龙门山次程公韵》有"路转横塘入乱峰,遍寻潇洒兴无穷";《游鉴湖》有"画舫珠帘上缭墙,天风吹到芰荷乡"等句,可以互参。此作纯写景,其"凝恨背西风""惊起不无愁"等句均为增添形象性的拟人笔法,"红妆""荡桨"等句则属为景色增添生气的后素绘事。

【注释】

①横塘:古诗词中常见意象,泛指水塘,非确指某地。唐温庭筠《池塘七夕》:"万家砧杵三篙水,一夕横塘似旧游。"宋贺铸《青玉案》:"凌波不过横塘路,但目送,芳尘去。"

②"绿荷"二句:语本杜牧《齐安郡中偶题二首》:"多少绿荷相倚恨,一时回首背西风。"

满庭芳

红蓼花繁①,黄芦叶乱,夜深玉露初零。霁天空阔,云淡楚江清。独棹孤篷小艇,悠悠过,烟渚沙汀②。金钩细,丝纶慢卷,牵动一潭星。　　时时,横短笛,清风皓月,相与忘形。任人笑生涯,泛梗飘萍③。饮罢不妨醉卧,尘劳事,有耳谁听?江风静,日高未起,枕上酒微醒。

【题解】

本篇作于元丰二年。据少游《龙井题名记》载,是年中秋后一日,与参寥邂逅,甚为相得,盘桓至次日方还。本词中所叙之时令、景致、意境等皆与该记所载一致,故应属同时之作。作品描绘了一幅极为典型的楚江秋景图,在此背景下怡然自乐,超乎尘滓之外,大有餐风饮露、不食人间烟火之脱俗感。

【注释】

①红蓼:草名,多生水边,花呈淡红色。唐杜牧《歙州卢中丞见惠名酝》诗:"犹念悲秋更分赐,夹溪红蓼映风蒲。"

②烟渚:雾气笼罩的小洲。唐孟浩然《宿建德江》诗:"移舟泊烟渚,日暮客愁新。"

③浮梗:漂流的桃梗,后以之喻漂流无定。杜甫《寄临邑弟》诗:"吾衰同浮梗。"

明李攀龙:一丝牵动一潭星,惊人语也。眠风醉月渔家乐,泂不可援。

又:值秋宵之景,驾一叶扁舟于凫渚鸥汀之中,潇洒脱尘,有嚣嚣然自得之意。(《草堂诗余隽》眉批及评)

清陈廷焯:(金钩三句)警绝。(《词则》)

满庭芳

山抹微云,天粘衰草①,画角声断谯门②。暂停征棹③,聊共引离樽。多少蓬莱旧事,空回首,烟霭纷纷。斜阳外,寒鸦数点④,流水绕孤村。　　销魂,当此际,香囊暗解,罗带轻分。谩赢得,青楼薄幸名存⑤。此去何时见也?襟袖上,空惹啼痕。伤情处,高城望断⑥,灯火已黄昏。

【题解】
本篇作于元丰二年岁暮,流传甚广。据《苕溪渔隐丛话》:"程公辟守会稽,少游客焉,馆之蓬莱阁。一日,席上有所悦,自尔眷眷不能忘情,因赋长短句,所谓'多少蓬莱旧事,空回首,烟霭纷纷'是也。"少游客游会稽事见前《望海潮》(秦峰苍翠)题解。所谓"有所悦",当指其与某歌妓之恋情,本篇正缘此而发,以萧飒秋景衬托离情别绪,物我交融,极富深情。

【注释】
①天粘衰草:多本做"天连衰草",各有所据,见仁见智,均可。

②画角、谯门:分别见前《桃源忆故人》(玉楼深锁薄情种)、《望海潮》(秦峰苍翠)注释。

③征棹:指远行的船。北周庾信《应令》诗:"浦喧征棹发,亭空送客还。"

④寒鸦数点:多本做"寒烟万点",且皆以隋炀帝诗为据,然隋炀帝该诗本有"寒鸦千万点,流水绕孤村"与"寒鸦飞数点,流水绕孤村"之不同流传

版本,难以确指。故二说皆可。

⑤"谩赢得"二句:化用杜牧《遣怀》诗:"十年一觉扬州梦,赢得青楼薄幸名。"

⑥高城望断:多本做"高楼望断"。二说皆可。

【汇评】

宋叶梦得:秦少游亦善为乐府,语工而入律,知乐者谓之作家歌,元丰间盛行于淮楚。"寒鸦千万点,流水绕孤村",本隋炀帝诗也,少游取以为《满庭芳》词,而首言"山抹微云,天粘衰草",尤为当时所传。苏子瞻于四学士中最善少游,故他文未尝不极口称善,岂特乐府?然犹以气格为病,故尝戏云:"山抹微云秦学士,露花倒影柳屯田。""露花倒影",柳永《破阵子》语也。(《避暑录话》)

宋黄昇:秦少游自会稽入京,见东坡。坡曰:"久别当作文甚胜,都下盛唱公'山抹微云'之词。"秦逊谢。坡遽云:"不意别后,公却学柳七作词。"秦答曰:"某虽无识,亦不至是。先生之言,无乃过乎?"坡云:"'销魂,当此际',非柳词句法乎?"秦惭服。然已流传,不复可改矣。(《花庵词选》卷二苏子瞻《永遇乐·夜登燕子楼梦盼盼因作此词》附注)

宋晁无咎:近世以来作者,皆不及秦少游。如"斜阳外,寒鸦数点,流水绕孤村",虽不识字,亦知是天生好言语。(宋魏庆之《诗人玉屑》引)

宋严有翼:其词极为东坡所称道,取其首句,呼之为"山抹微云"君。中间有"寒鸦万点,流水绕孤村"之句,人皆以为少游自造此语,殊不知亦有所本。予在临安,见平江梅知录云:"隋炀帝诗云:'寒鸦千万点,流水绕孤村。'少游用此语也。"(《苕溪渔隐丛话》引《艺苑雌黄》)

宋吴曾:杭之西湖,有一倅闲唱少游《满庭芳》,偶然误举一韵云:"画角声断斜阳。"妓琴操在侧云:"'画角声断谯门',非'斜阳'也。"倅因戏之曰:"尔可改韵否?"琴即改作"阳"字韵云:"山抹微云,天连衰草,画角声断斜阳。暂停征棹,聊共饮离觞。多少蓬莱旧侣,频回首,烟霭茫茫。孤村里,寒鸦万点,流水绕低墙。魂伤,当此际,轻分罗带,暗解香囊。谩赢得,青楼薄幸名狂。此去何时见也,襟袖上空有余香。伤心处,高城望断,灯火已昏黄。"东坡闻而称赏之。(《能改斋漫录》)

宋曾季貍:少游词"高城望断,灯火已黄昏",用欧阳詹诗,云:"高城已不见,况复城中人。"(《艇斋诗话》)

明杨慎：秦少游满庭芳"山抹微云，天粘衰草"，今本改"粘"作"连"，非也。韩文："洞庭汗漫，粘天无壁。"张祜诗："草色粘天鶗鴂恨。"山谷诗："远水粘天吞钓舟。"邵博诗："老滩声殷地，平浪势粘天。"赵文升词："玉关芳草粘天碧。"严次山词："粘云江影伤千古。"叶梦得词："浪粘天、蒲柳涨绿。"刘行简词："山翠欲粘天。"刘叔安词："暮烟细草粘天远。"粘字极工，且有出处。又见《避暑录话》可证。若作连天，是小儿之语也。（《词品》）

又：范元实，范祖禹之子，秦少游婿也。学诗于山谷，作《诗眼》一书。为人凝重。尝在歌舞之席，终日不言。妓有问之曰："公亦解词曲否？"笑答曰："吾乃山抹微云女婿也。"可见当时盛唱此词。（同上）

明李攀龙：回首处斜阳远眺，情何殷也；伤情处黄昏独坐，情难遣矣。

又：少游叙旧事，有寒鸦流水之语，已令人赏目赏心，至下襟袖啼痕，只为秦楼薄幸，情思迫切。坡公最爱此词。（《草堂诗余隽》眉批及评）

明徐渭："斜阳外"三句，语虽蹈袭，然入词犹是当家。（评点段斐君刊《淮海集长短句》）

明王世贞："寒鸦千万点，流水绕孤村"，隋炀帝诗也；"寒鸦数点，流水绕孤村"，少游词也。语虽蹈袭，然入词尤是当家。（《艺苑卮言》）

明董其昌：偶披《淮海集》，书"寒鸦数点，流水绕孤村"，不意乃作情语，亦闲情赋之流也。（《跋少游满庭芳词》）

清贺贻孙：余谓此语（指"斜阳外"三句）在隋炀帝诗中只属平常，入少游词特为妙绝。盖少游之妙，在"斜阳外"三字，见闻空幻；又"寒鸦"、"流水"，炀帝以五言划为两景，少游用长短句错落，与"斜阳外"三景合为一景，遂如一幅佳图。此乃点化之神，必如此，乃可用古语耳。（《诗筏》）

清许昂霄：（烟霭纷纷）四字引起下文。又：自起至换头数语，俱是追叙，玩结处自明。（《词综偶评》）

清吴衡照：词有袭前人语而得名者，虽大家不免。如方回"梅子黄时雨"，耆卿"杨柳岸晓风残月"，少游"寒鸦数点，流水绕孤村"，幼安"是他春带愁来，春归何处，却不解带将愁去"等句，惟善于调度，正不以有蓝本为嫌。（《莲子居词话》）

清周济：将身世之感打并入艳情，又是一法。（《宋四家词选》）

清谭献：下阕不假雕琢，水到渠成，非平钝者所能藉口。（《谭评词辨》）

清陈廷焯：少游《满庭芳》诸阕，大半被放后作。恋恋故园，不胜热中。

其用心不逮东坡之忠厚，而寄情之远，措语之工，则各有千古。（《白雨斋词话》）

又：诗情画景，情词双绝，此词之作，其在坐贬后乎？（《词则》）

清王闿运：庶常散馆，出京至黄村，齐声一叹。（《湘绮楼评词》）

俞陛云：起三句写凉秋风物，一片萧飒之音，已隐含离思。四、五两句叙明停鞭饯别，此后若接写别离，便落恒径。作者用拓宕之笔追怀往事，局势振起，且不涉儿女语，而托之蓬岛烟云，尤见超逸。"斜阳外"三句，传神绵渺，向推隽永。下阕纯叙离情，结笔返棹归来，登城遥望征帆，已隔数重烟浦，阑珊灯火，只益人悲耳。

望海潮

星分牛斗①，疆连淮海，扬州万井提封②。花发路香，莺啼人起，珠帘十里东风③。豪俊气如虹。曳照春金紫④，飞盖相从。巷入垂杨，画桥南北翠烟中。　　追思故国繁雄，有迷楼挂斗，月观横空⑤。纹锦制帆，明珠溅雨，宁论爵马鱼龙⑥。往事逐孤鸿⑦。但乱云流水，萦带离宫⑧。最好挥毫万字，一饮拚千钟⑨。

【题解】

本篇作于元丰三年（1080），明及以后刻本于调下多题作《广陵怀古》。是年少游《与李乐天简》云："自还家来……时复扁舟循邗沟而南，以适广陵……上平山堂，折欧阳文忠所种柳，而诵其所赋诗，为之喟然以叹。"又同年作《扬州集序》称该地该集可"推表废兴迁徙之迹"，皆与词中内容相合。词作极力渲染扬州之物华天宝，人杰地灵，并结合隋炀帝巡幸史实将历史兴亡之感蕴蓄其中，视界宽广，风格豪阔，作者之胸襟抱负于中隐然可见。

【注释】

①牛斗:二十八宿之牛宿、斗宿。《史记·天官书》:"斗,江、湖。牵牛、婺女,扬州。"意谓斗宿乃江、湖之分野,牛、女二宿为扬州之分野。

②井:相传古制八家为井,引申为人口聚居地、乡里、家宅。提封:通共、大凡。《汉书·刑法志》:"一同百里,提封万井。"王先谦补注引王念孙曰:"《广雅》曰:'提封,都凡也。'都凡者,犹今人言大凡,诸凡也……都凡与提封一声之转,皆是大数之名。提封万井,犹言通共万井耳。"此句言扬州人口之繁盛。

③珠帘:明刻本多作"朱帘"。东风:明刻本多作"春风"。此句出自杜牧《赠别》:"春风十里扬州路,卷上珠帘总不如。"

④曳:穿着。《诗经·唐风·山有枢》:"子有衣裳,弗曳弗娄。"孔颖达疏:"娄、曳,俱是著衣之事。"金紫:金印紫绶,古代高官所佩。此句云扬州人物服饰之盛。

⑤迷楼:隋炀帝所建楼名,故址在今江苏省扬州市西北郊。唐冯贽《南部烟花记·迷楼》:"迷楼凡役夫数万,经岁而成。楼阁高下,轩窗掩映,幽房曲室,玉栏朱楯,互相连属。(炀)帝大喜,顾左右曰:'使真仙游其中,亦当自迷也。'故云。"月观:观阁名。《南史·徐湛之传》:"湛之更起风亭、月观、吹台、琴室,果竹繁茂,花药成行。"《大业拾遗记》:"(炀)帝幸月观,烟景清朗,中夜独与萧妃起临前轩。"

⑥纹锦制帆:以锦绣为船帆。《大业拾遗记》:"炀帝幸江都,至汴,帝御龙舟,萧妃乘凤舸,锦帆彩缆,穷极侈靡。"明珠溅雨:以明珠为雨。《隋遗录》:"炀帝命宫女洒明珠于龙舟上,以拟雨霆之声。"爵马鱼龙:各类珍玩杂耍。南朝鲍照《芜城赋》:"吴蔡齐楚之声,鱼龙爵马之玩。"此三句言隋炀帝之穷奢极欲。

⑦孤鸿:清黄仪校《淮海居士长短句》作"归鸿"。

⑧离宫:即行宫。《汉书·贾山传》:"秦非徒如此也,起咸阳而西至雍,离宫三百,钟鼓帷帐,不移而具。"颜师古注:"凡言离宫者,皆谓于别处置之,非常所居也。"

⑨"最好"二句:语出欧阳修《朝中措·平山堂》:"文章太守,挥毫万字,一饮千钟。"拚(pàn):倾力,不顾惜。

28

俞陛云：首言州郡之雄壮，提挈全篇。次言途中之富丽，人物之豪俊。次乃及游赏归来。垂杨门巷，画桥碧阴，言居处之妍华。层层写出，如身到绿杨城郭。下阕言追怀炀帝时，其繁雄尤过于今日，迷楼朱障，极侈泰之娱。而物换星移，剩有乱云流水，与唐人过隋宫诗"晚来风起花如雪，飞入宫墙不见人"及"闪闪残萤犹得意，夜深来往豆花丛"句，其感叹相似。(《唐五代两宋词选释》)

画堂春

落红铺径水平池，弄晴小雨霏霏。杏园憔悴杜鹃啼①，无奈春归。　　柳外画楼独上，凭阑手撚花枝。放花无语对斜晖，此恨谁知？

【题解】

本篇为伤春叹逝之作。以残春景色起笔，引出一独自凭阑的纤柔女子的青春叹惋，寄意悠长。其中以"撚花"而至结句"放花"之细节描写直指人心，尤为佳妙。此词创作年代向有二说，一为写富贵闲愁，为元祐年间所作；一为元丰五年(1082)应礼部试落第后抒发幽怨而作。由词中"杏园憔悴"语观之，应以后说为佳。

【注释】

①杏园：园名，故址在今陕西省西安市郊大雁塔南，为唐代新科进士赐宴之地。贾岛《下第》诗："下第只空囊，如何住帝乡。杏园啼百舌，谁醉在花傍？"后泛指新科进士游宴处。宋王禹偁《初拜拾遗游琼林苑》诗："杏园莺蝶如相识，应怪重来蒨绶香。"

【汇评】

宋胡仔："落红铺径水平池，弄晴小雨霏霏。杏园憔悴杜鹃啼，无奈春归。"用小杜诗"莫怪杏园憔悴去，满城多少插花人。"(《苕溪渔隐丛话》)

明杨慎：(结句)不知心恨谁？(批《草堂诗余》)

明李攀龙：春归无奈，深情可掬。谁知此恨，何等幽思。又：写出闺怨，真情俱在，末语逼真。(《草堂诗余隽》眉批及评)

明沈际飞：(结句)此恨亦知不得。(《草堂诗余正集》)

清沈谦：填词结句，或以动荡见奇，或以迷离称隽，著一实语，败矣。康伯可"正是销魂时候也，撩乱花飞"、晏叔原"紫骝认得旧游踪，嘶过画桥东畔路"、秦少游"放花无语对斜晖，此恨谁知"，深得此法。(《填词杂说》)

清黄苏：按一篇主意只是时已过而世少知己耳，说来自娟秀无匹。末二句尤为切挚。花之香，比君子德之芳也，所以撚者以此，所以无语而对斜晖者以此。既无人知，惟自爱自解而已。语意含蓄，清气远出。(《蓼园词选》)

雨中花

指点虚无征路，醉乘班虬，远访西极①。正天风吹落，满空寒白。玉女明星迎笑②，何苦自淹尘域？正火轮飞上③，雾卷烟开，洞观金碧。　　重重观阁，横枕鳌峰，水面倒衔苍石。随处有，奇香幽火，杳然难测。好是蟠桃熟后，阿环偷报消息④。在天碧海⑤，一枝难遇，占取春色。

【题解】

《苕溪渔隐丛话》引《冷斋夜话》云："少游元丰初，梦中作长短句曰：'指点虚无征路，醉乘班虬……'既觉，使侍儿歌之，盖《雨中花》也。"明毛晋刻《淮海词》作《雨中花慢》。本篇为今传少游词作中仅见之游仙词，以丰富的想象及大量的用典展示仙宫幻境之景，笔调奇丽，气势飞动。

【注释】

①虬：龙之一类。屈原《离骚》："驷玉虬以乘鹥兮，溘埃风余上征。"西极：西方极远之地。屈原《离骚》："朝发轫于天津兮，夕余至乎西极。"

②玉女明星：神女。《太平广记》引《集仙录》："明星玉女者，居华山，服玉浆，白日升天。"又李白《西岳云台歌送丹丘子》："明星玉女备洒扫，麻姑搔背指爪轻。"

③火轮：太阳。唐韩愈《桃源图》："夜半金鸡啁哳鸣，火轮飞出客心惊。"

④阿环：神话中上元夫人小字。《汉武帝内传》："帝不知上元夫人何神人也，又见侍女下殿，俄失所在。须臾，郭侍女返。上元夫人又遣侍女答问，云'阿环再拜'。"

⑤在天碧海：又作"任青天碧海"。《词律》卷七："又'在天碧海'句'天'字上空一字，《淮海集》作'任青天碧海。'"

一落索

　　杨花终日空飞舞，奈久长难驻。海潮虽是暂时来，却有个堪凭处①。　　紫府碧云为路②，好相将归去③。肯如薄幸五更风，不解与花为主？

【题解】

　　本篇拟女子口吻指责情郎，上阕以杨花凭空飞舞漫无根蒂喻男子用情不专，且与虽短暂却来而有信之海潮构成比对，用思自有精妙之处；下阕则表现其虽嗔怪却仍满含憧憬，寄望于对方回心转意，于无奈中见出痴情。约作于元丰年间及第之前。

【注释】

①"海潮"二句：谓男子尚不如海潮可堪依靠。唐李益《江南曲》："嫁得瞿塘贾，朝朝误妾期。早知潮有信，嫁与弄潮儿。"

②紫府：仙人所居。晋葛洪《抱朴子·祛惑》："及至天上，先过紫府，金床玉几，晃晃昱昱，真贵处也。"前蜀贯休《寄天台道友》："紫府称非远，清溪径不迁。"

③相将：相偕，相共。汉王符《潜夫论·救边》："相将诣阙，谐辞礼谢。"

醉桃源

　　碧天如水月如眉,城头银漏迟①。绿波风动画船移,娇羞初见时。　　银烛暗,翠帘垂,芳心两自知。楚台魂断晓云飞②,幽欢难再期。

【题解】

　　宋乾道本《淮海居士长短句》调下原注:"以阮郎归歌之亦可。"明本多从之,然亦有以之为《丑奴儿》者,如毛晋刻本即然。应以《阮郎归》为是。本篇写男女初会之艳情,命意、用语皆流于泛泛,约为及第前应歌倚声之作。

【注释】

　　①银漏:银饰的漏壶,古代计时之器。唐王勃《乾元殿颂》序:"虬箭司更,银漏与三辰合运。"

　　②"楚台"句:用楚襄王游云梦台之典。宋玉《高唐赋序》:"昔者,楚襄王与宋玉游于云梦之台,望高唐之观。其上独有云气,崒兮直上,忽兮改容,须臾之间,变化无穷。王问玉曰:'此何气也?'玉对曰:'所谓朝云者也。'王曰:'何谓朝云?'玉曰:'昔者先王尝游高唐,怠而昼寝,梦见一妇人,曰:"妾,巫山之女也,为高唐之客,闻君过高唐,愿荐枕席。"王因幸之。去而辞曰:"妾在巫山之阳,高丘之阻,旦为朝云,暮为行雨,朝朝暮暮,阳台之下。"旦朝视之,如言。'""晓云"即朝云。此句谓情侣欢会后之分离。

八六子

　　倚危亭,恨如芳草,萋萋刬尽还生。念柳外青骢别后①,水边红袂分时,怆然暗惊。　　无端天与娉婷②。夜月一帘

幽梦,春风十里柔情。怎奈向③,欢娱渐随流水,素弦声断,翠
绡香减。那堪片片飞花弄晚,濛濛残雨笼晴。正销凝,黄鹂
又啼数声。

【题解】

词中"春风十里柔情"句系由杜牧《赠别》之"春风十里扬州路"而来,可
知为怀恋扬州情人而作,当作于元丰年间。全词以一"恨"字贯穿,既有对
昔日之欢的追溯,又有对离后之苦的回味,也有对现实之悲的慨叹,回环往
复,缠绵悱恻,柔婉蕴藉。语言上亦清丽自然,情辞相称。

【注释】

①青骢:毛色青白相杂的骏马。《玉台新咏·古诗为焦仲卿妻作》:"踯
躅青骢马,流苏金镂鞍。"

②娉婷:美人,佳人。唐乔知之《绿珠篇》:"石家金谷重新声,明珠十斛
买娉婷。"

③怎奈向:犹奈何,无奈。宋周邦彦《拜星月慢》:"怎奈向一缕相思,隔
溪山不断。"

【汇评】

宋胡仔《古今词话》以古人好词世所共知者,易甲为乙,称其所作,仍
随其词牵合为说,殊无根蒂,皆不足信也。如秦少游……《八六子》"倚危
亭,恨如芳草,萋萋刬尽还生"者,《浣溪沙》"脚上鞋儿四寸罗"者,二词皆见
《淮海集》,乃以《八六子》为贺方回作,以《浣溪沙》为涪翁作……皆非也。
(《苕溪渔隐丛话》)

宋洪迈:秦少游《八六子》词云:"片片飞花弄晚,濛濛残雨笼晴。正销
凝,黄鹂又啼数声。"语句清峭,为名流推激。予家旧有建本《兰畹曲集》,载
杜牧之一词,但记其末句云:"正销魂,梧桐又移翠阴。"秦公盖效之,似差不
及也。(《容斋四笔》)

宋张侃:秦淮海词,古今绝唱,如《八六子》前数句云:"倚危亭,恨如芳
草,萋萋刬尽还生。"读之愈有味。……皆有腔调散语,非工于词者不能到。
(《拙轩词话》)

宋张炎：矧情至于离，则哀怨必至。苟能调感怆于融会中，斯为得矣。……秦少游《八六子》云："倚危亭……"。离情当如此作，全在情景交炼，得言外意。有如"劝君更尽一杯酒，西出阳关无故人"，乃为绝唱。（《词源》）

明陈霆：少游《八六子》尾阕云："正销凝，黄鹂又啼数声。"唐杜牧之一词，其末云："正销魂，梧桐又移翠阴。"秦词全用杜格。然秦首句云："倚危亭，恨如芳草，萋萋刬尽还生。"二语妙甚，故非杜可及也。（《渚山堂词话》）

明李攀龙：别后分时，忆来情多。花弄晚，雨笼晴，又是一番景色一番愁。又：全篇句句写个怨意，句句未曾露个"怨"字，正是"诗可以怨"。（《草堂诗余隽》眉批及评）

明沈际飞：恨如刬草还生，愁如春絮相接，言愁，愁不可断；言恨，恨不可已。（《草堂诗余正集》）

明杨慎：周美成词"愁如春后絮，来相接"，与"恨如芳草，刬尽还生"，可谓极善形容。（批《草堂诗余》）

清周济：神来之作。（《宋四家词选》）

清黄苏：寄托耶？怀人耶？词旨缠绵，音调凄惋如此。（《蓼园词选》）

清陈廷焯：寄慨无端。（《词则》）

俞陛云：结句清婉，乃少游本色。起笔三句，独用重笔，便能振起全篇。（《唐五代两宋词选释》）

满庭芳

晓色云开，春随人意，骤雨才过还晴①。古台芳榭②，飞燕蹴红英③。舞困榆钱自落，秋千外，绿水桥平。东风里，朱门映柳，低按小秦筝。　　多情，行乐处，珠钿翠盖，玉辔红缨④。渐酒空金榼⑤，花困蓬瀛⑥。豆蔻梢头旧恨，十年梦，屈指堪惊⑦。凭阑久，疏烟淡日，寂寞下芜城⑧。

　　本篇多本题下有附注云:"此词正少游所作,人传王观撰,非也。"《唐宋诸贤绝妙词选》调下题作《春游》。写作年代有元丰、绍圣二说。按:此词回忆昔日扬州冶游生活,虽有淡淡愁思,但其深度广度实难与绍圣之作同日而语,且持绍圣说者(如清黄苏)理由往往牵强破碎,实难为据,故当以元丰为佳。

【注释】

　　①才过:诸明刻本多作"方过"。

　　②古台:诸明刻本多作"高台"。

　　③"飞燕"句:语本杜甫《城西陂泛舟》诗:"鱼吹细浪摇歌扇,燕蹴飞花落舞筵。"

　　④"珠钿"二句:珠钿:嵌珠的女子头饰。翠盖:饰以翠羽的车盖。玉辔:精美的马缰绳。红缨:马头的装饰物。前句指代女子,后句指代男子。

　　⑤金榼(kē):精美的酒具。

　　⑥蓬瀛:蓬莱和瀛洲,神山名,相传为仙人所居之处,亦泛指仙境。晋葛洪《抱朴子·对俗》:"或委华驷而辔蛟龙,或弃神州而宅蓬瀛。"此处指行乐之所。

　　⑦"豆蔻"三句:用杜牧在扬州典,语亦本之。杜牧《赠别》:"娉娉袅袅十三余,豆蔻梢头二月初";《遣怀》:"十年一觉扬州梦,赢得青楼薄幸名。"

　　⑧芜城:即扬州。南朝宋竟陵王刘诞据以为乱,兵败死焉,城遂荒芜,鲍照作《芜城赋》以哀之,因得名。唐李商隐《隋宫》诗:"紫泉宫殿锁烟霞,欲取芜城作帝家。"

【汇评】

　　明李攀龙:秋千外,东风里,字字奇巧。疏烟淡日,此时之情还堪远眺否?(《草堂诗余隽》眉批及评)

　　又:就暗中描出春色,林杏欲滴;就远处描出春情,城廓隐然如无。(同上)

　　明杨慎:景胜于情。(批《草堂诗余》)

　　明徐渭:"秋千外"二句,景语,却无限清宛。(评点邓汉章辑《淮海逸词》)

　　明沈际飞:悠淡语,不觉其妙而自妙。微映百层城景,亦不少寂寞句,

感慨过之。(《草堂诗余正集》)

明王世贞："秋千外,绿水桥平"……淡语之有情者也。(《弇州山人词评》)

明卓人月:敖陶孙评少游诗"如时女步春,终伤婉弱",其在于词,正相宜耳。(《古今词统》)

清许昂霄:"晓色云开"三句,天气。"高台芳榭"四句,景物。"东风里"三句,渐说到人事。"珠钿翠盖"二句,会合。"渐酒空金榼"四句,离别。"疏烟淡日"二句,与起处反照作收。(《词综偶评》)

清周济:(上片)君子因小人而斥。(下片)一笔挽转。(末句)应首句,不忘君子也。(《宋四家词选》)

清黄苏:此必少游被谪后作。雨过还晴,承恩未久也。燕蹴红英,喻小人之诬构也。榆钱,自喻也。绿水桥平,喻随所适也。朱门、秦筝,彼得意者自得意也。前一阕叙事也,后一阕则事后追忆之词。"行乐"三句,追从前也。"酒空"二句,言被谪也。"豆蔻"三句,言为日已久也。"凭栏"二句结,通首黯然自伤也。章法极绵密。(《蓼园词选》)

俞陛云:前写景,后写情,流利轻圆,是其制胜处。(《唐五代两宋词选释》)

满园花

一向沉吟久,泪珠盈襟袖。我当初不合苦撋就①。惯纵得软顽,见底心先有②。行待痴心守,甚捻着脉子,倒把人来僝僽③。　　近日来非常罗皂丑④,佛也须眉皱。怎掩得众人口?待收了孛罗,罢了从来斗⑤。从今后,休道共我,梦见也,不能得勾。

【题解】

此词全用方言俚语,表现情人间闹别扭的生活花絮,真实轻松,饶有情趣。当作于进士及第之前。

【注释】

①撋（ruán）就：迁就，温存。金董解元《西厢记诸宫调》卷五："雏鸾娇凤乍相见……百般撋就十分闪。"宋石孝友《西江月》词："惜你十分撋就，把人一味禁持。"

②见底：见什么。张相《诗词曲语辞汇释》："底，犹何也，甚也。"

③僝僽（chán zhòu）：埋怨，责怪。参见前《御街行》注。

④罗皂：同罗唣、啰唣，谓啰嗦，纠缠。《水浒传》第二回："这厮们既然大弄，必然早晚要来俺村中啰唣。"

⑤字罗、斗：均为盛放东西的器物，此句谓就此罢休。

【汇评】

明徐渭：浑似元人杂剧口吻。（评点段斐君刊《淮海集长短句》）

明沈际飞：语不经，却津津然。方言硬用之，即累正气。（《草堂诗余别集》）

明卓人月：鄙野不经之谈，偏饶雅韵。（《古今词统》）

清沈谦：秦少游"一向沉吟久"，大类山谷《归田乐引》，铲尽浮词，直抒本色，而浅人常以雕绘傲之。此等词极难作，然亦不可多作。（《填词杂说》）

木兰花慢

过秦淮旷望①，迥萧洒②，绝纤尘。爱清景风蛩，吟鞭醉帽，时度疏林。秋来政情味淡，更一重烟水一重云。千古行人旧恨，尽应分付今人。　　渔村，望断衡门③。芦荻浦，雁先闻。对触目凄凉，红凋岸蓼，翠减汀苹。凭高正千嶂黯，便无情，到此也销魂。江月知人念远，上楼来照黄昏。

本篇《淮海集》诸本未载,仅见于宋赵闻礼《阳春白雪》卷一。所叙无非悲秋念远之闲愁,然清冷景致与内在心境浑融一体。观其气貌,不似年少时之俊赏风流,亦绝无后期之凄婉绝丽,当为元丰间所作。

【注释】

①秦淮:河名,流经南京,是南京市名胜之一。相传秦始皇南巡至龙藏浦,发现有王气,于是凿方山,断长垄为渎入于江,以泄王气,故名秦淮。唐杜牧《泊秦淮》:"烟笼寒水月笼沙,夜泊秦淮近酒家。"

②萧洒:清丽;爽朗。唐韦应物《善福寺阁》诗:"晴明一登望,萧洒此幽襟。"

③衡门:横木为门,指简陋的房屋。《诗经·陈风·衡门》:"衡门之下,可以栖迟。"朱熹《集传》:"衡门,横木为门也。门之深者,有阿塾堂宇,此惟横木为之。"后借指隐者所居。汉蔡邕《郭有道碑文》:"尔乃潜隐衡门,收朋勤诲,童蒙赖焉,用祛其蔽。"

鹊桥仙

纤云弄巧①,飞星传恨②,银汉迢迢暗度③。金风玉露一相逢④,便胜却,人间无数。　　柔情似水,佳期如梦,忍顾鹊桥归路⑤。两情若是久长时,又岂在,朝朝暮暮。

【题解】

本篇为宋词名篇,也是少游诸作中最负盛名者之一。由古及今,借牛郎织女故事表现人世悲欢离合的诗词作品难以胜计,虽遣词造句各异,却大略不出"欢娱苦短"的格套,情深恨长,凄楚哀婉。比较之下,少游此作不落常套,独出机杼,熔抒情、写景、议论于一炉,既自然流畅又婉约蕴藉,堪称不世出之佳构。观其眼界之阔,胸次之旷,气度之达,在少游集中实属仅见,依此推想,或为元丰八年进士及第,正"春风得意马蹄疾"时所为作。

【注释】

①纤云:微云,轻云。唐韩愈《八月十五夜赠张功曹》:"纤云四卷天无河,清风吹空月舒波。"弄巧:做出各种巧妙的花样。此句谓秋云变幻多姿,并暗喻七夕。古时七夕有"乞巧"习俗,南朝梁宗懔《荆楚岁时记》:"七月七日为牵牛织女聚会之夜。是夕,人家妇女结彩缕,穿七孔针,或以金银鍮石为针,陈瓜果于庭中以乞巧,有喜子网于瓜上则以为符应。"唐林杰《乞巧》诗:"家家乞巧望秋月,穿尽红丝几万条。"

②飞星:流星。《汉书·天文志》:"(阳朔)四年闰月庚午,飞星大如缶,出西南,入斗下。"杜甫《中宵》:"飞星过水白,落月动沙虚。"此句谓流星飞逝,似为牛女传达离恨。

③银汉:天河,银河。南朝宋鲍照《夜听妓》诗:"夜来坐几时,银汉倾露落。"宋苏轼《阳关词·中秋月》:"暮云收尽溢清寒,银汉无声转玉盘。"度:通"渡"。传说每年七夕牛郎织女渡银河相会。南朝梁吴均《续齐谐记》:"桂阳成武丁有仙道,常在人间,忽谓其弟曰:'七月七日,织女当渡河,诸仙悉还宫,吾向已被召,不得暂停,与尔别矣。'弟问曰:'织女何事渡河?'答曰:'织女暂诣牵牛。'明旦果失武丁所在。世人至今犹云:七月七日,织女嫁牵牛。"

④金风玉露:秋风和白露,亦借指秋天。唐李商隐《辛未七夕》诗:"由来碧落银河畔,可要金风玉露时。"

⑤忍顾:怎忍回顾。鹊桥:传说织女七夕渡银河与牛郎相会,喜鹊相衔为桥使过。唐韩鄂《岁华纪丽·七夕》:"七夕鹊桥已成,织女将渡。"原注引《风俗通》:"织女七夕当渡河,使鹊为桥。"

【汇评】

明李攀龙:相逢胜人间,会心之语。两情不在朝暮,破格之谈。七夕歌多以双星会少别多为恨,独少游此词谓"两情若是久长"二句,最能醒人心目。(《草堂诗余隽》眉批)

明卓人月:数见不鲜,说得极是。(《古今词统》)

明沈际飞:七夕以双星会少别多为恨,独谓情长不在朝暮,化臭腐为神奇。(《草堂诗余正集》)

清许宝善:七夕词以此为最,以其本色耳。(《自怡轩词选》)

清黄苏：按七夕歌以双星会少别多为恨，少游此词谓两情若是久长，不在朝朝暮暮，所谓化臭腐为神奇。凡咏古题，须独出心裁，此固一定之论。少游以坐党被谪，思君臣际会之难，因托双星以写意。而慕君之念，婉恻缠绵，令人意远矣。(《蓼园词选》)

　　俞陛云：夏闰庵云："七夕词最难作，宋人赋此者佳作极少，惟少游一首可观。"(《唐五代两宋词选释》)

（1086－1093）

元祐年间

南歌子

愁鬟香云坠①,娇眸水玉裁②。月屏风幌为谁开③? 天外不知音耗百般猜。　　玉露沾庭砌,金风动琯灰④。相看有似梦初回,只恐又抛人去几时来。

【题解】

本篇上阕写女子对情郎的无尽思念,下阕写所思乍归反疑似梦。情感细腻微妙。约作于元祐年间。

【注释】

①香云:女子的头发。宋柳永《尾犯》词:"记得当初,剪香云为约。"

②水玉:水晶的古称。《山海经·南山经》:"堂庭之山多棪木,多白猿,多水玉,多黄金。"郭璞注:"水玉,今水精也。"

③月屏:屏风;风幌:帷幔。因其映月临风,故称。唐元稹《春别》诗:"云屏留粉絮,风幌引香兰。"

④金风:秋风,参见前《鹊桥仙》注。琯灰:古人烧苇膜成灰,置于律管中,以占气候。某一节候到,某律管中葭灰即飞出,示该节候已到。《后汉书·律历志上》:"候气之法,为室三重,户闭,涂衅必周,密布缇缦。室中以木为案,每律各一,内庳外高,从其方位,加律其上,以葭莩灰抑其内端,案历而候之。气至者灰动。"琯即律管。

【汇评】

明沈际飞:相看又恐去,未去先问来,宛女子小声轻哝。(《草堂诗余续集》)

清贺裳:南唐主语冯延巳曰:"'风乍起,吹皱一池春水',何与卿事?"冯曰:"未若'细雨梦回鸡塞远,小楼吹彻玉笙寒',不可使闻于邻国。"然细看词意,含蓄尚多。至少游"无端银烛殒秋风,灵犀得暗通""相看有似梦初回,只恐又抛人去几时来",则竟为《蔓草》之偕臧,顿丘之执别,一一自供

矣。词虽小技，亦见世风之升降，沿流则易，溯洄实难，一入其中，势不自禁。（《皱水轩词筌》）

阮郎归

褪花新绿渐团枝，扑人风絮飞。秋千未拆水平堤，落红成地衣①。　　游蝶困，乳莺啼，怨春春怎知。日长早被酒禁持②，那堪更别离。

【题解】

本篇为女子惜春伤别的传统题材，上阕写残春景致，落红无数已生无奈，下阕写偏生又临离别之苦，倍添怨愁。情景相惬，含蓄婉转。约作于元祐年间。

【注释】

①地衣：地毯。南唐李煜《浣溪沙》词："红锦地衣随步皱，佳人舞点金钗溜。"

②禁持：摆布。宋朱淑真《诉春》诗："嫡滞酒杯消旧恨，禁持诗句遣新愁。"被酒禁持即借酒销愁。

【汇评】

明陆云龙：出语新媚，亦复幽奇。（《词菁》）

一丛花

年时今夜见师师①，双颊酒红滋。疏帘半卷微灯外，露华上烟袅凉飔②。簪髻乱抛，偎人不起，弹泪唱新词。　　佳期谁料久参差？愁绪暗萦丝。想应妙舞清歌罢，又还对秋色嗟咨。惟有画楼，当时明月，两处照相思。

44

【题解】

本篇作于元祐间，回忆自己与妓女的交往与思念之情，用语真切坦直，毫无顾忌。据《续资治通鉴长编》，少游于元祐六年被劾"不检""薄于行"，盖与此中情事有关。

【注释】

①师师：宋时妓女常见名字，亦为妓女代称。多有论者疑此即徽宗宣和间名妓李师师，不确。

②凉飔(sī)：凉风。南朝齐谢朓《在郡卧病呈沉尚书》："珍簟清夏室，轻扇动凉飔。"

【汇评】

明杨慎：李师师，汴京名妓。张子野为制新词，名《师师令》，略云："蜀彩衣长胜未起，纵乱云垂地"，"正值残英和月坠，寄此情千里。"秦少游亦赠之词云："看遍颍川花，不似师师好。"后徽宗微行幸之，见《宣和遗事》。（《词品拾遗》）

清吴衡照：考秦少游词："看遍颍川花，不似师师好。"又："年来今夜见师师。"少游卒于绍圣间，是师师之生必在元祐初。《东京梦华录》："李师师，汴京角妓，有侠气，号飞将军。"《汴都平康记》："政和平康之盛，李师师、崔念月皆著名。李生门第尤峻。"《宣和遗事》："师师旧婿武功郎郎贾奕，赋有《南乡子》云云，由此贬琼州，事与周美成相类。宣和六年，册师师为明妃。"自元祐初，历绍圣、元符、建中靖国、崇宁、大观、政和、重和，至宣和六年，已三十余年，师师年三十余矣。《宣和遗事》言："金兵至，明妃见废，走湖湘，为商人所得。"刘屏山诗："辇毂繁华事可伤，师师垂老过湖湘。缕衣檀板无颜色，一曲当年动帝王。"与《宣和遗事》正合。《汴都平康记》谓："靖康中，师师与同辈赵元奴及筑球吹笛袁绹、武震例籍其家，李生流落来浙中，士大夫邀妓歌以听焉。"《浩然斋雅谈》又谓："师师后入内，封瀛国夫人。"朱希真诗："解唱阳关别调声，前朝唯有李夫人。"即师师也。（《莲子居词话》）

清丁绍仪：是其末路化离，与唐时泰娘绝相类，较明之王嫩、卞玉京，所遇尤不如。惟子野系宋仁宗时人，少游于哲宗初贬死藤州，均去徽宗时甚远，岂宋有两师师耶？（《听秋声馆词话》）

清沈雄:张子野赠妓李师师云"香钿宝珥……",按《东都遗事》,李师师,汴京角妓,道君微行幸之。秦观赠以《生查子》,周美成赠以《兰陵王》是也。(《古今词话》)

浣溪沙

漠漠轻寒上小楼①,晓阴无赖似穷秋②,澹烟流水画屏幽。自在飞花轻似梦,无边丝雨细如愁,宝帘闲挂小银钩。

【题解】

此作为公认之宋词名篇。少游以轻描淡写的笔法,融情入景,将细致幽微的内心哀愁外化为可居可感的艺术境界,怅静悠闲,空灵含蓄,令人流连不尽。约作于元祐年间。

【注释】

①漠漠:寂静无声貌。《荀子·解蔽》:"掩耳而听者,听漠漠而以为洶洶。"杨倞注:"漠漠,无声也。"又有广袤之意。唐罗隐《省试秋风生桂枝》诗:"漠漠看无际,萧萧别有声。"

②无赖:无聊,谓多事而使人讨厌。南朝陈徐陵《乌栖曲》之二:"惟憎无赖汝南鸡,天河未落犹争啼。"穷秋:晚秋,深秋。唐韩愈《鸣雁》诗:"嗷嗷鸣雁鸣且飞,穷秋南去春北归。"

【汇评】

明沈际飞:"穷秋"句鄙,钱功父曰佳,可见功父于此道茫然。后叠精研,夺南唐席。(《续编草堂诗余》)

清陈廷焯:宛转幽怨,温韦嫡派。(《词则》)

清王国维:境界有大小,不以是而分优劣。"细雨鱼儿出,微风燕子斜",何遽不若"落日照大旗,马鸣风萧萧"?"宝帘闲挂小银钩",何遽不若"雾失楼台,月迷津渡"也?(《人间词话》)

俞陛云:清婉而有余韵,是其擅长处。(《唐五代两宋词选释》)

河　传

　　恨眉醉眼，甚轻轻觑著①，神魂迷乱。常记那回，小曲阑
干西畔。鬓云松，罗袜划②。　　丁香笑吐娇无限③。语软声
低，道我何曾惯。云雨未谐，早被东风吹散。闷损人④，天
不管。

【题解】

　　本篇约作于元祐年间。其叙写男女情事，语意直露，故向被视为"艳
语"，列入"淫章醉句"之列。然其描摹细致，传情真率，自有其动人之处。

【注释】

　　①甚：真。张相《诗词曲语词汇释》："甚，犹是也，正也，真也。词中每
用以领句，与甚么之甚作怎字、何字义者异。……秦观《河传》词：'恨眉醉
眼，甚轻轻觑著，神魂迷乱。'言真是一觑即使人迷魂也。"

　　②罗袜划：只穿袜子行走。划，只，仅。李清照《点绛唇》："见客入来，
袜划金钗溜。"

　　③丁香：喻指女人的舌头。南唐李煜《一斛珠》词："向人微露丁香颗，
一曲清歌，暂引樱桃破。"

　　④闷损人：清王敬之刻《淮海集》作"瘦杀人"。又，宋黄庭坚《河传并
序》云："有士大夫家歌秦少游'瘦杀人，天不管'之曲，以好字易瘦字，戏为
之作。词云：'心情老懒，对歌对舞，犹是当时眼。巧笑靓妆，近我衰容华
鬓。似扶著，卖卜算。思量好个当年见。催酒催更，只怕归期短。饮散灯
稀，背锁落花深院。好杀人，天不管。'"

【汇评】

　　清李调元：万氏《词律》《河传》词末句云："闷损人，天不管。"山谷和秦
尾句云："好杀人，天不管。"自注云："因少游词，戏以'好'字易'瘦'字。"是
秦词应作"瘦杀人"。今刊本皆作"闷损人"，盖未见山谷词也。然巧拙亦于

此一字见之,黄九不敌秦七,亦是一证。(《雨村词话》)

如梦令

门外鸦啼杨柳,春色著人如酒。睡起爇沉香,玉腕不胜金斗①。消瘦,消瘦,还是褪花时候。

【题解】

本篇写女子伤春,由春色而至春愁,以景衬情,不露痕迹又呼之欲出,颇见婉约蕴藉之妙。属传统题材、惯常情思,貌似等闲,随手而得,真而浅,浅而真,于游戏文字中见出非凡功力。以其格力揣测,约作于元祐年间。

【注释】

①沉香、金斗:均参见前《沁园春》(宿蔼迷空)注。

【汇评】

宋严有翼:予又尝读李义山《效徐陵体赠更衣》云:"清寒衣省夜,金斗爇沉香。"乃知少游词"玉笼金斗,时爇沉香",与夫"睡起爇沉香,玉腕不胜金斗",其语亦有来历处,乃知名人必无杜撰语。(《苕溪渔隐丛话》引《艺苑雌黄》)

明沈际飞:憨怯甚。末句止而得行,泄而得蓄。(《续编草堂诗余》)

南歌子

香墨弯弯画,燕脂淡淡匀,揉蓝衫子杏黄裙①。独倚玉阑无语点檀唇。 人去空流水,花飞半掩门。乱山何处觅行云②?又是一钩新月照黄昏。

本篇写思妇之愁,并未过多言情,而是主要倾力于描摹动作体态与外界景致,然人物由憧憬到失落的心理变化过程已表现无余,是"一切景语皆情语"的极好印证。参之以中国古典诗歌"香草美人"的创作传统,其中或也蕴含着少游本人仕途偃蹇的忧闷。当作于元祐年间。

【注释】

①揉蓝:浸揉蓝草做成的染料,诗词中用以指湛蓝色。唐方干《送水墨项处士归天台》诗:"仙峤倍分元化功,揉蓝翠色一重重。"

②行云:喻恋人的踪影。南唐冯延巳《鹊踏枝》词:"几日行云何处去?忘却归来,不道春将暮。"

画堂春

东风吹柳日初长,雨余芳草斜阳。杏花零落燕泥香,睡损红妆。　　香篆暗消鸾凤①,画屏萦绕潇湘②。暮寒轻透薄罗裳③,无限思量。

【题解】

本篇仍是传统的思妇题材,写法上由景及人,以景衬人,并非浓墨重彩,情感上也绝非肝肠寸断、摧人泪下,但那种淡淡却又分明的哀伤却始终萦绕心中,挥之不去。当作于元祐年间。

【注释】

①香篆:熏香名,形似篆文。宋洪刍《香谱·香篆》:"镂木以为之,以范香尘为篆文,然于饮席或佛像前,往往有至二三尺径者。"鸾凤:饰有鸾凤图案的香笼。因其又常喻夫妇,故亦暗含睹物思人之意。本句明毛晋刻本作"宝篆烟消龙凤"。

②萦绕:明毛晋刻本作"云锁"。

③暮寒:明毛晋刻本作"夜寒"。

宋杨湜:少游《画堂春》"雨余芳草斜阳,杏花零落燕泥香"之句,善于状景物。至于"香篆暗消鸾凤,画屏萦绕潇湘"二句,便含蓄"无限思量"意思。此其有感而作也。(《古今词话》)

明杨慎:情景兼至。(批《草堂诗余》)

明李攀龙:句句写景入画,言少而意甚多。又:以奇才运奇调,堪称奇章。(《草堂诗余隽》眉批及评)

明沈际飞:"萦绕潇湘",画中之画。(《草堂诗余正集》)

清许昂霄:高丽。直可使耆卿、美成为舆台矣。(《词综偶评》)

清王国维:温飞卿《菩萨蛮》:"雨后却斜阳,杏花零落香。"少游之"雨余芳草斜阳。杏花零落燕泥香",虽自此脱胎,而实有出蓝之妙。(《人间词话·附录》)

蝶恋花

晓日窥轩双燕语,似与佳人,共惜春将暮。屈指艳阳都几许?可无时霎闲风雨①。　　流水落花无问处,只有飞云,冉冉来还去。持酒劝云云且住,凭君碍断春归路。

【题解】

本篇《草堂诗余》题作《春情》。作品写惜春伤春之情,借此寄托韶华流逝的无奈和对远行人的思念。形象鲜明,造语新奇,尤以结句为佳。当作于元祐年间。

【注释】

①时霎:即霎时。宋黄庭坚《惜余欢·茶》词:"未须归去,重寻艳歌,更留时霎。"

【汇评】

明沈际飞:(起句)刻削。(结句)凿空奇语。(《草堂诗余续集》)

明钱允治:闲风闲雨,固不如浮云之碍高楼也。(《类编笺释续选草堂诗余》)

明卓人月:(结句)凿空奇语。周美成"凭断云,留取西楼残月"似之。(《古今词统》)

木兰花

秋容老尽芙蓉院,草上霜花匀似剪。西楼促坐酒杯深①,风压绣帘香不卷。　　玉纤慵整银筝雁②,红袖时笼金鸭暖③。岁华一任委西风,独有春红留醉脸④。

【题解】

本篇写歌女红颜老去的悲愁,以清冷悲凉的秋景为底色,衬托人物虽勉强留春仍难敌岁华西风的无奈之情。约作于元祐年间。

【注释】

①促坐:靠近坐。《史记·滑稽列传》:"日暮酒阑,合尊促坐,男女同席,履舄交错。"本句谓女子门前冷落,唯有借酒浇愁。

②银筝:筝之美称。唐戴叔伦《白苎词》:"回鸾转凤意自娇,银筝锦瑟声相调。"银筝雁:筝上弦柱斜列如雁行,故称。唐李商隐《昨日》诗:"二八月轮蟾影破,十三弦柱雁行斜。"

③金鸭:镀金的鸭形铜制手炉。唐戴叔伦《春怨》诗:"金鸭香消欲断魂,梨花春雨掩重门。"

④"独有春红"句:谓貌似面有春色,实则为酒后红颜,与青春无干。苏轼《纵笔三首》之一:"小儿误喜朱颜在,一笑哪知是酒红。"

【汇评】

明沈际飞:有诗云:"醉脸虽红不是春",两存之。(《草堂诗余续集》)

明卓人月:张迂公"短发愁催白,衰颜酒借红",本此。(《古今词统》)

清陈廷焯:顽艳中有及时行乐之感。(《词则》)

南歌子

玉漏迢迢尽①，银潢淡淡横②。梦回宿酒未全醒，已被邻鸡催起怕天明。　　臂上妆犹在，襟间泪尚盈。水边灯火渐人行，天外一钩残月带三星。

【题解】

本篇《唐宋诸贤绝妙词选》、明毛晋刻《淮海词》调下题作《赠陶心儿》。据《苕溪渔隐丛话》引《高斋诗话》："少游在蔡州……又赠陶心儿词云：'天外一钩横月带三星。'谓'心'字也。"据此，本篇当作于元祐元年至元祐五年间。作品叙写恋人春宵苦短不忍遽离又不得不离的复杂情感，写法上寓情于景，饶富情韵。末句既应情即景，又语带双关，历来为人瞩目。

【注释】

①玉漏：古代计时漏壶的美称。唐苏味道《正月十五夜》诗："金吾不禁夜，玉漏莫相催。"

②银潢：天河，银河。宋苏轼《和文与可洋川园池·天汉台》："漾水东流旧见经，银潢左界上通灵。"

【汇评】

明杨慎：又《赠陶心儿》"一钩残月带三星"，亦隐"心"字。山谷赠妓词："你共人女边著子，争知我门里添心？"亦隐"好冈"二字云。（《词品》）

明卓人月："你共人女边著子，争知我门里挑心"，对此则丑。（《古今词统》）

清沈谦：秦淮海"天外一钩残月照三星"，只作晓景佳。若指为心儿谜语，不与"女边著子，门里挑心"同堕恶道乎？（《填词杂说》）

清徐轨：少游赠歌妓陶心儿《南歌子》词云："玉漏迢迢尽……"末句暗藏"心"字，子瞻诮其恐为他姬厮赖也。（《词苑丛谈》）

清刘体仁：词中如"玉佩丁东"，如"一钩残月带三星"，子瞻所谓恐他姬

厮赖,以取娱一时可也。乃子瞻《赠崔廿四》,全首如离合诗,才人戏剧,兴复不浅。(《七颂堂词绎》)

清陈廷焯:(结句)双关巧合,再过则伤雅矣。(《词则》)

水龙吟

小楼连远横空①,下窥绣毂雕鞍骤②。朱帘半卷③,单衣初试,清明时候。破暖轻风,弄晴微雨,欲无还有。卖花声过尽,斜阳院落,红成阵,飞鸳甃④。　　玉珮丁东别后⑤,怅佳期,参差难又。名缰利锁⑥,天还知道,和天也瘦。花下重门,柳边深巷,不堪回首。念多情但有,当时皓月,向人依旧。

【题解】

本篇诸明刻本调下题作《赠妓娄东玉》。据《苕溪渔隐丛话》引《高斋诗话》:"少游在蔡州,与营妓娄婉字东玉者甚密,赠之词云'小楼连苑横空',又云'玉佩丁冬别后'者是也。"少游于元丰八年(1085)授蔡州教授,元祐五年(1090)离蔡入京供职,本篇当作于此年。上阕写女子别后心绪,无一抒情语,却又句句抒情。下阕则直写应鼓听官、身类转蓬的男子之无奈境遇和无尽相思。所赠对象虽为妓女,但作中无丝毫狎玩之态,亦可谓深于情、工于情。

【注释】

①连远:多本作"连苑"。

②绣毂(gǔ):装饰华丽的车。雕鞍:刻饰花纹的马鞍,亦借指马。唐王勃《临高台》诗:"银鞍绣毂盛繁华,可怜今夜宿娼家。"

③朱帘:多本作"疏帘",清黄仪本《淮海居士长短句》作"珠帘"。

④鸳甃(zhòu):用对称的砖瓦砌成的井壁,亦借指井。《说文解字》:"甃,井壁也。从瓦,秋声。"

⑤"玉珮"句:暗含"东""玉"二字,加首句中之"楼",恰谐恋人姓名。亦

足见用思之巧,用情之深。

⑥名缰利锁:谓功名利禄如束缚人的缰绳和锁链。宋柳永《夏云峰》词:"向此免名缰利锁,虚费光阴。"

【汇评】

宋俞文豹:东坡问少游别后有何作,少游举"小楼连苑横空,下窥绣毂雕鞍骤"。坡曰:"十三个字只说得一个人骑马楼前过。"文豹亦谓公《次沈立之韵》"试问别来愁几许?春江万斛若为情"十四字只是少游"愁如海"三字耳。作文亦如此。(《吹剑三录》)

宋曾季貍:少游词"小楼连苑横空",为都下一妓姓楼名琬字东玉,词中欲藏"楼琬"二字。然少游亦自有出处,张籍诗云:"妾家高楼连苑起。"(《艇斋诗话》)

宋王楙:少游词"天还知道,和天也瘦"之语,伊川先生闻之,以为媟渎上天。是则然矣。不知此语盖祖李贺"天若有情天亦老"之意尔。(《野客丛书》)

宋杨万里:客有自秦少游许来见东坡,坡问少游近有何诗句,客举秦《水龙吟》词云:"小楼连苑横空,下窥绣毂雕鞍骤。"坡笑云:"又连苑,又横空,又绣毂,又雕鞍,又骤,也劳攘。"坡亦有此词云:"燕子楼空,佳人何在,空锁楼中燕。"(《诚斋诗话》)

宋刘克庄:为洛学者皆崇性理而抑艺文,词尤艺文之下者也,昉于唐而盛于本朝。秦郎"和天也瘦"之句,脱换李贺语尔,而伊川有"亵渎上穹"之诮。岂惟伊川者?秀上人罪鲁直劝淫,冯当世愿小晏损才补德,故雅人修士相约不为。(《跋黄孝迈长短句》)

宋曾慥:少游自会稽入都,见东坡。坡问别作何词,少游举"小楼连苑横空,下窥绣毂雕鞍骤"。东坡曰:"十三个字只说得一个人骑马楼前过。"少游问公近作,乃举"燕子楼空,佳人何在,空锁楼中燕"。晁无咎曰:"只三句便说尽张建封事。"(《高斋诗话》)

宋张炎:大词之料,可以敛为小词;小词之料,不可展为大词。若为大词,必是一句之意,引而为两三句;或引他意入来,捏合成章,必无一唱三叹。如少游《水龙吟》云:"小楼连苑横空,下窥绣毂雕鞍骤。"犹且不免为东坡见诮。(《词源》)

明杨慎:填词平仄及断句皆定数,而词人语意所到,时有参差。如秦少游《水龙吟》前段歇拍句云："红成阵，飞鸳鸯。"换头落句云："念多情但有，当时皎月，照人依旧。"以词意言，"当时皎月"作一句，"照人依旧"作一句。以词调拍眼，"但有当时"作一拍，"皎月照"作一拍，"人依旧"作一拍为是也。(《词品》)

又：首句与换头一句，俱隐妓名"楼东玉"三字，甚巧。"天还知道，和天也瘦"二句，情极之语，纤软特甚。(批《草堂诗余》)

明王世贞：词内"人瘦也，比梅花瘦几分"，又"天还知道，和天也瘦""莫道不销魂，人比黄花瘦"，三"瘦"字俱妙。(《弇州山人词评》)

明李攀龙：轻风微雨，写出暮春景色，有见月而不见人之憾，问天天不知。又：按景缀情，最有余味。谓笔能开花，信然。(《草堂诗余隽眉批及评》)

明沈际飞：天也瘦起来，安得生致？少游自挟其心。(《草堂诗余正集》)

清周亮工：程正叔见秦少游问："'天知否，天还知道，和天也瘦'，是学士作耶？上穷尊严，安得易而侮之！"此等议论，煞是可笑。与其为此等论，不如并此词不入目，即入目亦置若未见。(《因树屋书影》)

清郭麐："小楼连苑横空"，无名字之梦也，有头无尾。虽游戏笔墨，亦自有天然妙合之趣。(《灵芬馆词话》)

清贺裳：夫词小技也，程正叔至正色责少游，晦庵夫子乃不免涉笔，正如烹鱼或厌其腥，或赏其鲜，咸是定评，孰为至论？(《皱水轩词筌·序》)

清万树：升庵谓淮海"念多情但有，当时皓月，照人依旧"，以词调拍眼言，当以"但有当时"作一拍，"皓月照"作一拍，"人依旧"作一拍。盖欲强同于前尾之三字二句也。其说乖谬，若竟未读他篇者。正《词综》所云："升庵强作解事，与乐章未谙者也。"(《词律·发凡》)

清沈祥龙：词当意余于辞，不可辞余于意。东坡谓少游"小楼连苑横空，下窥绣毂雕鞍骤"二句，只说得车马楼下过耳，以其辞余于意也。若意余于辞，如东坡"燕子楼空，佳人何在，空锁楼中燕"，用张建封事；白石"犹记那人，正睡里，飞近蛾绿"，用寿阳事。皆为玉田所称，盖辞简而余意悠然不尽也。(《论词随笔》)

清陈廷焯：前后阕起处醒"楼""东""玉"三字，稍病纤巧。(《词则》)

清王国维：词中忌用替代字。美成《解语花》之"桂华流瓦"，境界极妙，惜以"桂华"二字代"月"耳。梦窗以下,则用代字更多,其所以然者,非意不足,则语不妙也。盖语妙则不必代,意足则不暇代。此少游之"小楼连苑""绣毂雕鞍",所以为东坡所讥也。(《人间词话》)

俞陛云:此词上阕"破暖轻风"七句,虽纯以轻婉之笔写春景,而观其下阕,则花香帘影中,有伤春人在也。(《唐五代两宋词选释》)

虞美人

碧桃天上栽和露①,不是凡花数。乱山深处水萦回,可惜一枝如画为谁开? 轻寒细雨情何限,不道春难管。为君沉醉又何妨,只怕酒醒时候断人肠。

【题解】

杨湜《古今词话》云:"秦少游寓京师,有贵官延饮,出宠姬碧桃侑觞,劝酒惓惓。少游领其意,复举觞劝碧桃。贵官云:'碧桃素不善饮。'意不欲少游强之。碧桃曰:'今日为学士拼了一醉!'引巨觞长饮。少游即席赠《虞美人》词……阖座悉恨。贵官云:'今后永不令此姬出来!'满座大笑。据此,本篇当作于元祐后期。上阕以花喻人,孤芳自赏;下阕情思跌宕,顾影自怜,于起落转折中,欲理还乱的无尽愁绪充溢于字里行间。

【注释】

①"碧桃"句:化用唐高蟾《下第后上永崇高侍郎》诗:"天上碧桃和露种,日边红杏倚云栽。"语带双关:既扣合碧桃其名,又以天界碧桃树之高贵不凡喻指人间碧桃女之出尘脱俗。

【汇评】

明沈际飞:(上阕)崔护《桃花》诗旨。抑扬百感。(《草堂诗余续集》)

南歌子·赠东坡侍妾朝云

霭霭迷春态,溶溶媚晓光①。不应容易下巫阳②,只恐翰林前世是襄王③。　　暂为清歌驻，还因暮雨忙。瞥然归去断人肠，空使兰台公子赋高唐④。

【题解】

《苕溪渔隐丛话》引《艺苑雌黄》云：“朝云者，东坡侍妾也。尝令就秦少游乞词，少游作《南歌子》赠之……何其婉媚也。”《东坡乐府》中有《南歌子》，作于元祐年间，内容与本篇相近，当为赠答之作。东坡元祐六年召为翰林承旨，得请外郡，出知颍州，少游此时供职秘书省。本词中少游自称“兰台公子”，称东坡为“翰林”（他本作“使君”），皆足证作于元祐六年（1091）。朝云：王姓，字子霞，苏轼南迁，家姬多散去，独朝云愿随行，于绍圣三年卒于惠州。此作带有游戏文字性质，语多戏谑，然从中足以见出少游对朝云的赞美，对苏王二人神仙美眷的倾羡，以及苏秦间亦师亦友的亲密关系。

【注释】

①霭霭：云雾密集貌。苏轼《题南溪竹上》：“山头霭霭暮云横。”溶溶：流光荡漾貌。唐许浑《冬日宣城开元寺赠元孚上人》诗：“林疏霜撼撼，波静月溶溶。”此二句形容对方迷人状貌，并暗含“朝”“云”二字。

②不应：《花草粹编》作“何期”。巫阳：巫山之阳。

③翰林：《花草粹编》作“使君”。按：使君为汉代以后对州郡长官的尊称，苏轼时年授翰林承旨，又出知颍州，故二说均不影响对本篇创作年代的判断。

④兰台：唐代指秘书省。李商隐《无题》诗：“嗟余听鼓应官去，走马兰台类转蓬。”少游时供职秘书省，故以之自称。高唐：与本篇中之“巫阳”、“襄王”均参见前《醉桃源》注释。

调笑令十首并诗

王昭君①

诗曰：

汉宫选女适单于②，明妃敛袂登毡车。玉容寂寞花无主，顾影低徊泣路隅。行行渐入阴山路③，目送征鸿入云去。独抱琵琶恨更深，汉宫不见空回顾。

曲子：

回顾，汉宫路，捍拨檀槽鸾对舞④。玉容寂寞花无主，顾影偷弹玉箸⑤。未央宫殿知何处⑥，目送征鸿南去。

【题解】

北宋时京师歌楼瓦肆常见的一种歌舞表演形式叫"调笑转踏"，为若干首《调笑令》联章而成，每首令前有七言八句古诗一首，诗之末二字即为词之起句。本起于民间，士大夫亦间有仿作，如毛滂、晁补之等。少游此十首即一支"调笑转踏"，作于元祐后期供职京师之时。

【注释】

①王昭君：汉南郡秭归（今属湖北省）人，名嫱，字昭君。晋避司马昭讳，改称为明君，后人又称明妃。元帝宫人。时匈奴呼韩邪单于入朝，求美人为阏氏（yān zhī，汉代匈奴单于、诸王之妻，相当于后妃），以结和亲。昭君自愿请行，出塞后，被称为"宁胡阏氏"。卒葬于匈奴。现内蒙古呼和浩特市南有昭君墓，世称青冢。传元帝曾令画工毛延寿为诸宫女图形，毛趁势索贿，昭君不从，遂被故意在图上点出破绽，故无缘得幸。直至辞汉之时，昭君"丰容靓饰，光明汉宫，顾影徘徊，竦动左右"，元帝方始大惊，然已悔之不及。事后将毛延寿弃市。可参阅《汉书·元帝纪》及《匈奴传》《后汉书·南匈奴传》。

②单于:匈奴君主的称号。《汉书·匈奴传》谓全称作"撑犁孤涂单于"。"撑犁",匈奴语之"天","孤涂"意为"子","单于"意为"广大"。此处专指呼韩邪单于。

③阴山:在今内蒙古自治区中部,其南麓平原向为古代中原汉族政权与北方少数民族政权必争之地。汉元帝时属南匈奴。

④捍拨:弹奏琵琶用的拨子,因其质地坚实,故称。唐元稹《琵琶歌》:"泪垂捍拨朱弦湿,冰泉鸣咽流莺涩。"檀槽:檀木制成的琵琶、琴等弦乐器上架弦的槽格,亦指琵琶等乐器。唐李贺《感春》诗:"胡琴今日恨,急语向檀槽。"

⑤玉箸:喻眼泪。唐高适《燕歌行》:"铁衣远戍辛勤久,玉箸应啼别离后。"

⑥未央宫殿:汉宫殿名,故址在今陕西西安市西北长安故城内。《史记·高祖本纪》:"萧丞相营作未央宫,立东阙、北阙、前殿、武库、太仓。"

【汇评】

明卓人月:前数行,疑是元人宾白所自始。被之管弦,竟是董解元数段。(《古今词统》)

清王国维:毛西河词话谓"赵德麟令畤时作商调鼓子词,谱《西厢》传奇,为杂剧之祖。"《雅府乐词》卷首所载秦少游、晁补之、郑彦能《调笑转踏》,前有致语,末有放队,每调之前有口号诗,甚似曲本体例。(《戏曲考原》)

乐昌公主①

诗曰:

金陵往昔帝王州②,乐昌主第最风流。一朝隋兵到江上,共抱凄凄去国愁。越公万骑鸣笳鼓③,剑拥玉人天上去。空携破镜望红尘,千古江枫笼辇路④。

曲子:

辇路,江枫古,楼上吹箫人在否⑤?菱花半璧香尘污⑥,往日繁华何处?旧欢新爱谁是主,啼笑两难分付⑦。

【注释】

①乐昌公主:唐孟启《本事诗·情感》:"陈太子舍人徐德言之妻,后主叔宝之妹,封乐昌公主,才色冠绝。时陈政方乱,德言知不相保,谓其妻曰:'以君之才容,国亡必入权豪之家,斯永绝矣。倘情缘未断,犹冀相见,宜有以信之。'乃破一镜,人执其半,约曰:'他日必以正月望日卖于都市,我当在,即以是日访之。'及陈亡,其妻果入越公杨素之家,宠嬖殊厚。德言流离辛苦,仅能至京,遂以正月望日访于都市。有苍头卖半镜者,大高其价,人皆笑之。德言直引至其居,设食,具言其故,出半镜以合之,仍题诗曰:'镜与人俱去,镜归人不归。无复嫦娥影,空留明月辉。'陈氏得诗,涕泣不食。素知之,怆然改容,即召德言,还其妻,仍厚遗之。闻者无不感叹。仍与德言陈氏偕饮,令陈氏为诗,曰:'今日何迁次,新官对旧官。笑啼俱不敢,方验作人难。'遂与德言归江南,竟以终老。"

②"金陵"句:语本梁谢朓《入朝曲》:"江南佳丽地,金陵帝王州。"

③越公:即杨素,544年—606年,字处道,弘农华阴(今属陕西)人。出身北朝士族,北周时任车骑将军,曾参加平定北齐之役。杨坚称帝,任杨素为御史大夫,后以行军元帅率水军东下攻陈。灭陈后,进爵为越国公。笳鼓:宋本作"箫鼓"。笳声与鼓声,借指军乐。

④辇路:本指天子车驾所经的道路。《文选·班固〈西都赋〉》:"辇路经营,修除飞阁。"此处指乐昌公主被掳北上之路。

⑤"楼上"句:汉刘向《列仙传·箫史》:"箫史者,秦穆公时人也。善吹箫,能致孔雀白鹤于庭。穆公有女字弄玉,好之,公遂以女妻焉。日教弄玉作凤鸣。居数年,吹似凤声,凤凰来止其屋。公为作凤台,夫妇止其上。不下数年,一旦皆随凤凰飞去。"此处以"吹箫人"暗指徐德言。

⑥菱花:指菱花镜,亦泛指镜。唐李白《代美人愁镜》诗之二:"狂风吹却妾心断,玉箸并堕菱花前。"

⑦旧欢:指徐德言。新爱:指杨素。分付:表示,流露。宋周邦彦《感皇恩》词:"浅颦轻笑,未肯等闲分付。为谁心子里,长长苦?"

崔　徽①

诗曰：

蒲中有女号崔徽②，轻似南山翡翠儿③。使君当日最宠爱，坐中对客常拥持。一见裴郎心似醉，夜解罗衣与门吏④。西门寺里乐未央⑤，乐府至今歌翡翠。

曲子：

翡翠，好容止，谁使庸奴轻点缀。裴郎一见心如醉，笑里偷传深意。罗衣中夜与门吏，暗结城西幽会。

【注释】

①崔徽：见前《南乡子》(妙手写徽真)注释。

②蒲中：即蒲州，唐为河中府，治所在今山西省永济市。

③翡翠：鸟名，体貌娇小，毛色艳丽。宋玉《神女赋》："夫何神女之姣丽兮，含阴阳之渥饰。披华藻之可好兮，若翡翠之奋翼。"

④"一见裴郎"二句：其事已不详。《山谷诗集》卷九《出礼部试院王才元惠梅花三种皆妙绝戏答三首》之二任渊注引元稹《崔徽歌》，有"吏感徽心关锁开"之句，可知当时崔徽、裴敬中情事曾多得门吏之助。

⑤未央：未尽，无已。《楚辞·离骚》："及年岁之未晏兮，时亦犹其未央。"王逸注："央，尽也。"

无　双①

诗曰：

尚书有女名无双，蛾眉如画学新妆。姊家仙客最明俊，舅母唯只呼王郎。尚书往日先曾许，数载暌违今复遇②。闻说襄江二十年③，当时未必轻相慕。

曲子：

相慕，无双女，当日尚书先曾许。王郎明俊神仙侣，肠断别离情苦。数年暌恨今复遇，笑指襄江归去。

【注释】

①无双：唐传奇中人物。据薛调《无双传》：建中年间朝臣刘震有女名无双，有甥名王仙客。仙客父早亡，与母住于舅家，与无双两小无猜，震之妻常戏呼仙客为王郎子。仙客之母病重，求将无双许与仙客，刘震许之。母亡，仙客护丧归葬襄邓。后朱泚作乱，刘震受伪职，乱平后夫妇均处极刑，无双没入掖庭。仙客得异人相助，设计使无双服药自尽，赎其尸，三日后复苏。二人相携逃亡，后返归襄邓别业，为夫妇五十年。

②暌违：别离，隔离。南朝梁何逊《赠诸游旧》诗："新知虽已乐，旧爱尽暌违。"

③襄江：汉江流经襄阳段称襄江，此处指王仙客故乡襄邓别业。《无双传》云仙客、无双"得归故乡，为夫妇五十年"，此句云"二十年"，未详何故。

灼　灼①

诗曰：

锦城春暖花欲飞，灼灼当庭舞柘枝②。相君上客河东秀，自言那复旁人知。妾身愿为梁上燕，朝朝暮暮长相见。云收月堕海沉沉，泪满红绡寄肠断③。

曲子：

肠断，绣帘卷，妾愿身为梁上燕。朝朝暮暮长相见，莫遣恩迁情变。红绡粉泪知何限，万古空传遗怨。

【注释】

①灼灼：唐时蜀中名妓。据《绿窗新话》："灼灼，锦城官妓也。善舞《柘枝》，能歌《水调》，为幽抑怨怼之音。相府筵中，与河东御史裴质座接，神通目授，如故相识。相因夜饮，忽遽召之。自此不复面矣。灼灼以软绡多聚红泪，密寄河东人。"

②柘枝：舞蹈名。《乐府诗集》引《乐府杂录》："健舞曲有《柘枝》，软舞曲有《屈柘》。"又引《乐苑》："羽调有《柘枝曲》，商调有《屈柘枝》，此舞因曲为名。用二女童，帽施金铃，抃转有声。其来也，于二莲花中藏，花坼而后见，对舞相占，实舞中雅妙者也。"唐章孝标《柘枝》诗："柘枝初出鼓声招，花钿罗衫耸细腰。"

③红绡：红色薄绸。唐白居易《琵琶行》："五陵年少争缠头，一曲红绡不知数。"

<h2 style="text-align:center">盼 盼①</h2>

诗曰：

百尺楼高燕子飞，楼上美人颦翠眉。将军一去音容远②，只有年年旧燕归。春风昨夜来深院，春色依然人不见。只余明月照孤眠，唯望旧恩空恋恋。

曲子：

恋恋，楼中燕，燕子楼空春日晚。将军一去音容远，空锁楼中深怨。春风重到人不见，十二阑干倚遍。

【注释】

①盼盼：关盼盼，唐代徐州歌妓。白居易《燕子楼三首并序》："徐州故张尚书有爱妓曰盼盼，善歌舞，雅多风态。予为校书郎时，游徐、泗间。张尚书宴予，酒酣，出盼盼以佐欢。欢甚，予因赠诗曰：'醉娇胜不得，风袅牡丹花。'一欢而去，尔后绝不相闻，迨兹仅一纪矣。昨日司勋员外郎张仲素

绩之访予,因吟新诗,有《燕子楼》三首,词甚婉丽。诘其由,为盼盼作也。绩之从事武宁军累年,颇知盼盼始末,云:'尚书既殁,归葬东洛。而彭城有张氏旧第,第中有小楼名燕子。盼盼念旧爱而不嫁,居是楼十余年,幽独块然,于今尚在。'余爱绩之新咏,感彭城旧游,因同其题,作三绝句。"《唐诗纪事》又引白居易文曰:"后仲素以余诗示盼盼,乃反复读之,泣曰:'自公薨背,妾非不能死,恐百载之后,人以我公重色,有从死之妾,是玷我公清范也,所以偷生尔。'……怏怏旬日,不食而卒。"

②将军:即张尚书。宋人谓张建封,清汪立名著《白香山年谱》,考定纳盼盼为妾者,非建封,乃其子张愔。

莺　莺①

诗曰:

崔家有女名莺莺,未识春光先有情。河桥兵乱依萧寺②,红愁绿惨见张生③。张生一见春情重,明月拂墙花树动④。夜半红娘拥抱来,脉脉惊魂若春梦。

曲子:

春梦,神仙洞,冉冉拂墙花树动。西厢待月知谁共,更觉玉人情重。红娘深夜行云送,困嚲钗横金凤⑤。

【注释】

①莺莺:崔莺莺,本为唐传奇中人物。据元稹《莺莺传》:崔莺莺随母归长安,暂寓蒲州普救寺。张生游于蒲,亦止于此。适逢兵乱,张生请托旧游翼护崔家使免于难。乱平,崔母宴谢张生,令莺莺出拜,张生自是惑之,缀《春词》二首托莺莺婢女红娘转送。莺莺答以《明月三五夜》约张生相会,词曰:"待月西厢下,迎风户半开。拂墙花影动,疑是玉人来。"张生如约而至,反遭莺莺责斥,自失者久之,于是绝望。后数日,红娘忽敛衾携枕拥莺莺而至,张生如在梦中,自是欢会累月。追张生赴京应试,虽亦曾书札往来,然

64

终不复见。此事流传极广,唐宋人多有题咏,金董解元《西厢记诸宫调》、元王实甫《西厢记》均本于此。

②河桥:古代桥名。故址在今陕西省大荔县东大庆关与山西省永济市西蒲州镇之间黄河上。《史记·秦本纪》:"(昭襄王五十年)初作河桥。"张守节《正义》:"此桥在同州临晋县东,渡河至蒲州,今蒲津桥也。"黄河上建桥始于此。萧寺:唐李肇《唐国史补》卷中:"梁武帝造寺,令萧子云飞白大书'萧'字,至今一'萧'字存焉。"后因此泛称佛寺为萧寺。

③红愁绿惨:谓《莺莺传》中二人初见时莺莺之形貌:"常服晬容,不加新饰,垂鬟接黛,双脸销红。"朱祖谋《强村丛书》之《淮海居士长短句》作"怨红愁绿"。

④花树:多本作"花影"。

⑤困軃(duǒ):因疲困而下垂。金凤:钗上之装饰。

采　莲①

诗曰:

若耶溪边天气秋②,采莲女儿溪岸头。笑隔荷花共人语,烟波渺渺荡轻舟。数声水调红娇晚③,棹转舟回笑人远。肠断谁家游冶郎,尽日踟蹰临柳岸。

曲子:

柳岸,水清浅,笑折荷花呼女伴。盈盈日照新妆面,水调空传幽怨。扁舟日暮笑声远,对此令人肠断。

【注释】

①采莲:采莲女,非特指某人。本李白《采莲曲》:"若耶溪傍采莲女,笑隔荷花共人语。日照新妆水底明,风飘香袂空中举。岸上谁家游冶郎,三三五五映垂杨。紫骝嘶入落花去,见此踟蹰空断肠。"又《越女词》之三:"耶溪采莲女,见客棹歌回。笑入荷花去,佯羞不出来。"

②若耶溪：参见前《望海潮》(秦峰苍翠)注释。

③水调：曲调名。唐杜牧《扬州》诗之一："谁家唱《水调》，明月满扬州。"自注："炀帝凿汴渠成，自造《水调》。"

烟中怨①

诗曰：

鉴湖楼阁与云齐，楼上女儿名阿溪。十五能为绮丽句，平生未解出幽闺。谢郎巧思诗裁剪，能使佳人动幽怨。琼枝璧月结芳期②，斗帐双双成眷恋③。

曲子：

眷恋，西湖岸，湖面楼台侵云汉。阿溪本是飞琼伴④，风月朱扉斜掩。谢郎巧思诗裁剪，能动芳怀幽怨。

【注释】

①烟中怨：唐传奇名，作者南卓，字昭嗣，著有《羯鼓录》。其《烟中怨》原本已不存，曾慥《类说》记其梗概云："越渔者杨父，一女，绝色，为诗不过两句。或问：'胡不终篇？'曰：'无奈情思缠绕，至两句即思迷不继。'有谢生求娶焉。父曰：'吾女宜配公卿。'谢曰：'谚云：少女少郎，相乐不忘；少女老翁，苦乐不同。且安有少年公卿耶？'翁曰：'吾女词多两句，子能续之，称其意，则妻矣。'示其篇曰：'珠帘半床月，青竹满林风。'谢续曰：'何事今宵景，无人解与同？'女曰：'天生吾夫！'遂偶之。后七年春日，女忽题曰：'春尽花宜尽，其如自是花！'谢曰：'何故为不祥句？'杨曰：'吾不久于人间矣。'谢续曰：'从来说花意，不过此容华。'杨即瞑目而逝。后一年，江上烟花溶曳，见杨立于江中，曰：'吾本水仙，谪居人间，后倘思之，即复谪下，不得为仙矣。'"南宋《嘉泰会稽志》、明钞本《绿窗新话》亦载此事。至于女名阿溪、居鉴湖楼阁，则为少游所增。

②琼枝：喻嘉树美卉。唐王涯《望禁门松雪》诗："金阙晴光照，琼枝瑞

66

色封。"璧月:对月亮的美称。南朝梁简文帝《慈觉寺碑序》:"龙星启曜,璧月仪天。"琼枝璧月即花好月圆之意。

③斗帐:小帐,形如倒覆之斗,故称。《释名·释床帐》:"小帐曰斗帐,形如覆斗也。"《玉台新咏·古诗为焦仲卿妻作》:"红罗复斗帐,四角垂香囊。"

④飞琼:许飞琼,传说中的仙女,是西王母身边的侍女。后泛指仙女。《汉武帝内传》:"王母乃命诸侍女⋯⋯许飞琼鼓震灵之簧。"唐顾况《梁广画花歌》:"王母欲过刘彻家,飞琼夜入云軿车。"

离魂记①

诗曰:

深闺女儿娇复痴,春愁春恨那复知。舅兄唯有相拘意②,暗想花心临别时。离舟欲解春江暮,冉冉香魂逐君去。重来两身复一身,梦觉春风话心素③。

曲子:

心素,与谁语,始信别离情最苦。兰舟欲解春江暮,精爽随君归去④。异时携手重来处,梦觉春风庭户。

【注释】

①离魂记:唐传奇名,陈玄祐撰。大意为:张镒官于衡州,以幼女倩娘许以甥王宙。后各长成,常私感想于寤寐。然镒又以倩娘许与他人。女闻而郁抑,宙亦深恚恨,托以赴京,诀别上船。夜方半,宙不寐,闻岸上有一人行声甚速,须臾至船。问之,乃倩娘徒行跣足而至。宙遂匿倩娘于船,连夜遁去,数月至蜀。凡五年,生两子。倩娘常思父母,遂俱归衡州。既至,宙先至舅家,首谢其事。镒曰:"倩娘病在闺中数年,何其诡说也!"宙曰:"见在舟中!"镒大惊,使人验之,果见倩娘在船中。室中女闻,喜而起,出与相迎,翕然而合为一体。元代郑光祖杂剧《倩女离魂》即本于此。

②拘:牵挂。唐杨巨源《寄江州白司马》诗:"题诗岁晏离鸿断,望阙天遥病鹤孤。莫谩拘牵雨花社,青云依旧是前途。"

③心素:亦作"心愫",心意,心愿。晋王羲之《杂帖》:"足下不返,重遣信往问,愿知心素。"

④精爽:魂魄。晋潘岳《寡妇赋》:"睎形影于几筵兮,驰精爽于丘墓。"

（1094－1097）

绍圣年间

望海潮

　　梅英疏淡，冰澌溶泄①，东风暗换年华。金谷俊游②，铜驼巷陌③，新晴细履平沙。长记误随车④，正絮翻蝶舞，芳思交加。柳下桃蹊，乱分春色到人家。　　西园夜饮鸣笳，有华灯碍月，飞盖妨花⑤。兰苑未空⑥，行人渐老，重来是事堪嗟。烟暝酒旗斜，但倚楼极目，时见栖鸦。无奈归心，暗随流水到天涯。

【题解】

　　元祐八年（1093），高太后崩，哲宗亲政，决意绍述熙宁新政，于次年四月改元绍圣。时局已经发生剧变，苏轼等元祐重臣陆续被贬，少游坐党籍，出为杭州通判。本篇即作于此时。通过对昔日宴游雅集之盛况的极力渲染，与今日之萧条构成鲜明对照，所发抒者不仅仅是时过境迁、盛事难再的慨叹，亦隐含着前途幽渺的深重担忧。少游词自此时起由先前的清丽柔婉变而为凄清哀婉，且愈演愈甚。

【注释】

　　①冰澌：各宋本作"水澌"。指解冻时水中流动的冰。宋苏辙《游城西集庆园》诗："冰澌片断水光浮，柳线和柔风力软。"宋周邦彦《南乡子》词："自在开帘风不定，飕飕，池面冰澌趁水流。"

　　②金谷：指晋石崇所筑的金谷园。晋潘岳《金谷集作》诗："朝发晋京阳，夕次金谷湄。"

　　③铜驼：铜驼街，在今河南省洛阳市故洛阳城中，以道旁曾有汉铸铜驼两枚相对而得名。为古代著名的繁华区域。《太平御览》卷一五八引晋陆机《洛阳记》："洛阳有铜驼街，汉铸铜驼二枚，在宫南四会道相对。俗语曰：'金马门外集众贤，铜驼陌上集少年。'"此句与上句皆以昔日洛阳胜景指代汴京。

④误随车:语出韩愈《嘲少年》诗:"只知闲信马,不觉误随车。"此处指代昔日游赏的种种乐事。

⑤"西园"三句:元祐七年三月,秦观与馆阁官员共二十六人宴集汴京城西金明池、琼林苑,此为对当日春风得意时的追忆。

⑥兰苑:园林的雅称。谢灵运《昙隆法师诔》:"如彼兰苑,风过气绝。"此指前句之"西园"。

【汇评】

明李攀龙:借桃花缀梅花,风光百媚,停杯骋望,有无限归思隐约言先。

又:自梅英吐,年华换说到春色乱分处,兼以华灯、飞盖、酒旗,一寓目尽是旅客增怨,安得不归思如流耶?(《草堂诗余隽》眉批及评)

明徐渭:可人风味在此,语意殊绝。(评点段斐君刊《淮海集长短句》)

明沈际飞:春光满楮,与梅无涉。(《草堂诗余正集》)

清周济:两两相形,以整见动。以两"到"字作眼,点出"换"字精神。(《宋四家词选》)

清谭献:(长记误随车)顿宕。("柳下"二句)旋断仍连。(下阕)陈隋小赋缩本,填词家不以唐人为止境也。(《谭评词辨》)

清陈廷焯:少游词最深厚,最沉著,如"柳下桃蹊,乱分春色到人家",思路幽绝,其妙令人不能思议,较"郴江幸自绕郴山,为谁流下潇湘去"之语,尤为入妙。世人动訾秦七,其所谓井蛙蠡海者也。(《白雨斋词话》)

又:思路隽绝,其妙直令人不可思议。(《词则》)

俞陛云:前段纪昔日游观之事,转头处"西园"三句,极写灯火车骑之盛。惟其先用重笔,故重来感旧,倍觉凄清。后段真气流转,不下于《广陵怀古》之作。(《唐五代两宋词选释》)

江城子

西城杨柳弄春柔①。动离忧,泪难收。犹记多情曾为系归舟。碧野朱桥当日事②,人不见,水空流。　　韶华不为少年留。恨悠悠,几时休?飞絮落花时候一登楼。便做春江都是泪,流不尽,许多愁。

【题解】

《唐宋诸贤绝妙词选》调下题作《春别》。多本有附注云:"词人佳句,多是翻案古人语。如淮海此词'便做春江都是泪,流不尽,许多愁',可谓警句,虽用李密《数隋檄》语,亦自李后主'问君能有几多愁,恰似一江春水向东流'变化。名家如此类者,不可枚举,亦一法也。"本篇创作时间、题旨均与上篇同,惟上篇主要今昔互衬,本篇则更重在表现此时情怀。

【注释】

①西城:指汴京城西金明池、琼林苑等昔日宴集之地。参前首《望海潮》注释。

②碧野朱桥:代指当日曾游之胜景。孟元老《东京梦华录》:"西去数百步,乃仙桥,南北约数百步,桥面三虹,朱漆栏楯,下排雁柱,中央隆起,谓之骆驼虹,若飞虹之状。"

【汇评】

明李攀龙:只为人不见,转一番思。种种景,种种情,如怨如诉。又:碧野朱桥,正是离别之处。飞絮落花言其景,春江二句言其情也。(《草堂诗余隽》眉批及评)

明沈际飞:前结似谢,后结似苏,易其名,几不能辨。李后主"问君能有几多愁,恰似一江春水向东流",少游翻之。文人之心,濬于不竭。(《草堂诗余正集》)

清陈廷焯:"飞絮"九字凄咽,以下尽情发泄,恰终未道破。(《词则》)

风流子

东风吹碧草,年华换,行客老沧洲。见梅吐旧英,柳摇新绿,恼人春色,还上枝头。寸心乱,北随云黯黯,东逐水悠悠。斜日半山,暝烟两岸,数声横笛,一叶扁舟。　　青门同携手①,前欢记,浑似梦里扬州②。谁念断肠南陌,回首西楼。算天长地久,有时有尽,奈何绵绵,此恨难休。拟待倩人说与,生怕人愁③。

【题解】

本篇《唐宋诸贤绝妙词选》、明毛晋刻本调下题作《初春》。作于绍圣元年(1094)春少游出为杭州通判,由汴京赴任途中。作品由眼前景引出对旧时的追忆,以此抒发绵绵不绝之离恨。写景则处处含情,抒情则悠远无尽,被公认为有白乐天《长恨歌》风味且能更进一层。

【注释】

①青门:汉长安城东南门。本名霸城门,因其门色青,故俗呼为"青门"或"青城门"。《三辅黄图·都城十二门》:"长安城东,出南头第一门曰霸城门。民见门色青,名曰青城门,或曰青门。"此处借指汴京城门。

②梦里扬州:本杜牧《遣怀》:"十年一觉扬州梦,赢得青楼薄幸名",意谓往日之交游欢会浑似梦中。

③生怕人愁:《唐宋诸贤绝妙词选》作"生怕伊愁"。

【汇评】

明李攀龙:人倚阑干,夜不能寐,时有尽,恨无休,自尔展转百出。(《草堂诗余隽》眉批及评)

又:触景伤怀,言言新巧,不涉人间蹊径。(同上)

明沈际飞:甚乱,东西南北悉为愁场。(结句)怕伊愁,是以欲说还休也。曰"拟待倩人",不婉。(《草堂诗余正集》)

清黄苏:此必少游被谪后念京中旧友而作,托于怀所欢之辞也。情致浓深,声调清越,回环雒诵,真能奕奕动人者矣。(《蓼园词选》)

俞陛云:"寸心乱"三句,极写离愁之无限。以下"斜日""暝烟"四叠句,遂一气奔赴,更觉力量深厚。下阕"天长地久"四句,虽点化乐天《长恨歌》,而以"倩人说与"句融纳之,便运古入化,弥见情深。(《唐五代两宋词选释》)

虞美人

　　高城望断尘如雾①,不见联骖处②。夕阳村外小湾头,只有柳花无数送归舟。　　琼枝玉树频相见③,只恨离人远。欲将幽恨寄青楼,争奈无情江水不西流。

【题解】

　　本篇创作时间、背景均与上篇同。词中追往事,忆旧游,慨叹人事之变迁,今日之孤苦,明日之杳然。少游此时应对前程黯淡已有所预知,却绝无解脱之想,亦无超越之法,只能发出往日之美好不可重现的悲吟。其"争奈无情江水不西流"句,较之苏轼"门前流水尚能西",心境之差距昭然可见。

【注释】

　　①高城:指汴京。此句可见出词人不忍遽离的留恋和不得不离的无奈、悲苦,与王粲《七哀》诗"南登灞陵岸,回首望长安"在情感上有相通之处。

　　②联骖:联骑,并辔而行。贺铸《送周元通昆仲官蜀》诗:"樽酒逢迎记梁宋,联骖行迈度咸秦。"

　　③琼枝玉树:喻人物姿容俊逸,才华超卓。《世说新语·容止》:"魏明帝使后弟毛曾与夏侯玄共坐,时人谓蒹葭倚玉树。"唐李德裕《访韦楚老不遇》诗:"今来招隐逸,恨不见琼枝。"

千秋岁

　　水边沙外①,城郭春寒退,花影乱,莺声碎②。飘零疏酒盏,离别宽衣带。人不见,碧云暮合空相对。　　忆昔西池会③,鸂鶒同飞盖④,携手处,今谁在。日边清梦断⑤,镜里朱颜改。春去也，飞红万点愁如海⑥。

【题解】

　　绍圣元年，少游坐党籍，出为杭州通判，赴任途中，又坐御史刘拯论增损《神宗实录》，贬监处州酒税。本篇即绍圣二年(1095)春作于处州。范成大《莺花亭》诗序云："秦少游'水边沙外'之词，盖在括苍监征时所作。"(处州亦名括州，因近括苍山故名)《唐宋诸贤绝妙词选》调下亦有题作"少游谪处州日作"。曾敏行《独醒杂志》、吴曾《能改斋漫录》谓本篇为绍圣三年过衡阳时所作，然是年少游由处州徙郴州，至衡阳时至少已在秋末冬初之时，与词中所写春景殊为不合。故当以前说为确。少游性本柔弱，几乎完全因为受牵连才招致如许坎坷，故词中充满无以自解的愁苦和悲伤，哀怨凄婉之极。此词一出，流播极广，苏轼、黄庭坚、孔平仲、李之仪、惠洪等人均有和韵，蔚为大观。

【注释】

　　①"水边"：《词谱》《历代诗余》《草堂诗余》等作"柳边"。

　　②"花影"二句：语本唐杜荀鹤《春宫怨》诗："风暖鸟声碎，日高花影重。"然凝练之极。

　　③西池会：西池即金明池。参前《望海潮》(梅英疏淡)注释。

　　④鹓(yuān)鹭：两种鸟名。鹓和鹭飞行有序，比喻班行有序的朝官。《隋书·音乐志》："怀黄绾白，鹓鹭成行。文赞百揆，武镇四方。"飞盖：驰车，驱车。曹植《公宴》诗："清夜游西园，飞盖相追随。"

　　⑤日边清梦：典出沈约《宋书·符瑞志》："伊挚将应汤命，梦乘船过日月之傍。"此句谓政治理想破灭。

　　⑥"飞红"：《唐宋诸贤绝妙词选》《词谱》《历代诗余》等作"落红"。

【汇评】

　　宋范成大：秦少游"水边沙外"之词，盖在括苍监征时所作。予至郡，徐子礼提举按部来过，劝予作小亭，记少游旧事，又取词中语，名之曰"莺花"，赋诗六绝而去。明年亭成，次韵寄之。诗曰："滩长石出水平堤，城郭西头旧小溪。游子断魂招不得，秋来春草更萋萋。""愁边逢酒却成憎，衣带宽来不自胜。烟水苍茫沙外路，东风何处持枯藤？""庐下三年世路穷，蚁封盘马竟难工。千山虽隔日边梦，犹到平阳池馆中。""文章光焰照金闺，岂是遭逢乏圣时？纵有百身那可赎，琳琅坐见万篇垂。""山碧重重四打围，烦将旧恨访黄鹂。缬林霜后黄鹂少，须是愁红万点时。""古藤阴下醉中休，谁与低眉唱此愁？团扇他年书好句，平生知己识儋州。"（《次韵徐子礼提举莺花亭》诗序）

宋吴曾：秦少游所作《千秋岁》词，予尝见诸公唱和亲笔，乃知在衡阳时作也。少游云："至衡阳，呈孔毅甫使君。"其词云云，今更不载。毅甫本云"次韵少游见赠"，其词云："春风湖外，红杏花初退。孤馆静，愁肠碎。泪余痕在枕，别久香销带。新睡起，小园戏蝶飞成对。惆怅谁人会，随处聊倾盖。情暂遣，心何在？锦书消息断，玉漏花阴改。迟日暮，仙山杳杳空云海。"其后东坡在儋耳，侄孙苏元老因赵秀才还自京师，以少游、毅甫所赠酬者寄之。东坡乃次韵，录示元老，且云："便见其超然自得、不改其度之意。"其词云："岛边天外，未老身先退。珠泪溅，丹衷碎。声摇苍玉佩，色重黄金带。一万里，斜阳正与长安对。道远谁云会，罪大天能盖。君命重，臣节在。新恩犹可觊，旧学终难改。吾已矣，乘桴且恁浮于海。"豫章题云："少游得谪，尝梦中作词云：'醉卧古藤阴下，了不知南北。'竟以元符庚辰死于藤州光华亭上。崇宁甲申，庭坚窜宜州，道过衡阳，览其遗墨，始追和其《千秋岁》。"词云："苑边花外，记得同朝退。飞骑轧，鸣珂碎。齐歌云绕扇，赵舞风回带。严鼓断，杯盘狼藉犹相对。洒泪谁能会，醉卧藤阴盖。人已去，词空在。兔园高宴悄，虎观英游改。重感慨，波涛万顷珠沉海。"晁无咎集中尝载此词而非是也。少游词云："忆昔西池会，鸳鹭同飞盖。"亦为在京师与毅甫同在于朝，叙其为金明池之游耳。今越州、处州皆指西池在彼，盖未知其本源而云也。（《能改斋漫录》）

宋曾季貍：秦少游词云："春去也，飞红万点愁如海。"今人多能歌此词。方少游作此词时，传至予家丞相，丞相曰："秦七必不久于世，岂有愁如海而可存乎？"已而少游果下世。少游第七，故云秦七。（《艇斋诗话》）

又：少游"水边沙外，城郭春寒退"词，为张芸叟作。有简与芸叟云："古者以代劳歌，此真所谓劳歌。"（同上）

宋陈郁：太白云："请君试问东流水，别意与之谁短长？"江南李后主云："问君能有几多愁，恰似一江春水向东流。"略加融点，已觉精彩。至寇莱公则谓"愁情不断如春水"，少游云"落红万点愁如海"，青出于蓝而胜于蓝矣。

《藏一话腴》）

宋俞文豹：李颀诗"请量东海水，看取浅深愁"，李后主词"问君还有几多愁，恰似一江春水向东流"，秦少游则三字尽之，曰："落红万点愁如海。"而语益工。（《吹剑录》）

宋刘克庄：秦少游尝谪处州，后人摘"柳边沙外"词中语为"莺花亭"，题咏甚多。惟芮处士一绝云："人言多技亦多穷，随意文章要底工？淮海秦郎天下士，一生怀抱百忧中。"（《后村诗话》）

明杨慎：秦少游谪处州日，作《千秋岁》词，有"花影乱，莺声碎"之句。后人慕之，建莺花亭。陆放翁有诗云："沙上春风柳十围，绿阴依旧话黄鹂。故应留与行人恨，不见秦郎半醉时。"（《词品》）

明沈际飞："飘零疏酒盏"两句，是汉魏人诗。直用"一江春水向东流"意，而以"海"易"江"，截长作短，人自莫觉。王平甫之子云："今语例袭陈言，但能转移。"太难为作者。（《草堂诗余正集》）

清先著、程洪：秦少游《千秋岁》后结"春去也"三字，要占胜前面许多攒簇，在此收煞；"落红万点愁如海"，此七字衔接得力，异样出精彩。（《词洁》）

清黄苏：按此乃少游谪于虔州思京中友人而作也。起从虔州写起，自写情怀落寞也；"人不见"，即指京中友，故下阕直接"忆昔"四句；"日边"，比京师也；"梦断"、"颜改"、"愁如海"，俱自叹也。（《蓼园词选》）

清沈祥龙：词虽浓丽而乏趣味者，以其但知作情景两分语，不知作景中有情，情中有景语耳。"雨打梨花深闭门""落红万点愁如海"，皆情景双绘，故称好句而趣味无穷。（《论词随笔》）

俞陛云：夏闰庵云："此词以'愁如海'一语生色，全体皆振，乃所谓警句也。"（《唐五代两宋词选释》）

梦扬州

晚云收，正柳塘，烟雨初休。燕子未归，恻恻轻寒如秋。小栏外，东风软，透绣帏，花蜜香稠。江南远，人何处？鹧鸪啼破春愁。　　　长记曾陪燕游。酬妙舞清歌,丽锦缠头^①。
殢酒为花^②,十载因谁淹留? 醉鞭拂面归来晚,望翠楼,帘卷
金钩。佳会阻,离情正乱,频梦扬州。

【题解】

　　本篇词调为少游自创,上阕写闺中之思妇,悲情无限,触处皆愁;下阕
写客游之征人,佳期难再,梦魂终虚。虽为传统题材,却寄寓着词人多年功
业无成,反屡遭构陷,饱尝迁离之苦的愤懑不平、愁苦感伤。约绍圣二年
(1095)作于处州贬所。

【注释】

　　①丽锦缠头:古代歌舞艺人表演完毕,客以罗锦为赠,称"缠头"。唐杜
甫《即事》诗:"笑时花近眼,舞罢锦缠头。"《太平御览》卷八一五引《唐书》:
"旧俗,赏歌舞人,以锦彩置之头上,谓之'缠头'。"后来又作为赠送妓女财
物的通称。宋陆游《梅花绝句》:"濯锦江边忆旧游,缠头百万醉青楼。"

　　②殢(tì)酒:沉湎于酒;醉酒。宋刘过《贺新郎》词:"人道愁来须殢酒,
无奈愁深酒浅。"

【汇评】

　　明沈际飞:淮海词定有一番姿态。悠妥。(《草堂诗余别集》)

　　清万树:若《梦扬州》,则少游因忆扬州而作,《扬州慢》,则白石因游扬
州而作。皆创为新调,即以词意名题,其所言即扬州之事。……扬州经二
公创调,亦即是古曲,后人亦因其调而填之,用为杂咏,有何不可乎? 但二
公当日偶然各咏其意,今欲比而相从,则不可耳。(《词律·目次》)

　　清许宝善:清丽芊绵,想见淮海风流绝世。词中拗句,断不可移易。
(《自怡轩词选》)

好事近·梦中作

春路雨添花,花动一山春色。行到小溪深处,有黄鹂千

百。　　　飞云当面化龙蛇，夭矫转空碧①。醉卧古藤阴下，了不知南北。

【题解】

《苕溪渔隐丛话》引《冷斋夜话》云："秦少游在处州，梦中作长短句曰：'山路雨添花……'。"故本篇当作于绍圣二年（1095）或三年（1096）春。多本篇末有附注云："东坡跋尾：'供奉官莫君沔官湖南，喜从迁客游，尤为吕元钧所称，又能诵少游事甚详。为予诵此词至流涕，乃录本使藏之。'鲁直跋少游《好事近》：'少游醉卧古藤下，谁与愁眉唱一杯？解作江南断肠句，只今唯有贺方回。'"本篇在少游诸作中绝属罕见，景致明丽，笔势飞动，似不食人间烟火之态。然貌似超脱中仍可窥见其内心难以言状之郁结，结末二句令人味之无极，唯掩卷抚膺而已。

【注释】

①夭矫：屈伸如意，自由纵恣。晋郭璞《江赋》："抚凌波而凫跃，吸翠霞而夭矫。"

【汇评】

宋赵令畤：少游有词云："醉卧古藤阴下，了不知南北。"其后迁谪，卒于藤州光华亭上。（《侯鲭录》）

宋惠洪：秦少游在处州，梦中作长短句曰："山路雨添花……醉卧古藤阴下，了不知南北。"后南迁，久之，北归，逗留于藤州，遂终于瘴江之上光华亭。时方醉起，以玉盂汲泉欲饮，笑视之而化。（《苕溪渔隐丛话》引《冷斋夜话》）

明沈际飞：（结末二句）白眼看世之态。（《草堂诗余续集》）

明郎瑛：秦观……尝于梦中作《好事近》一词……，其后以事谪藤州，竟死于藤，此词其谶乎？……秦词世人少知，余尝亲见其墨迹，后有近代刘菊庄题云："名并苏黄学更优，一词遗墨至今留。无人唤醒藤州梦，淮水淮山总是愁。"（《七修类稿》）

明卓人月：曹唐偶咏"水底有天春漠漠，人间无路月茫茫"，遂卒于僧舍。少游此词如鬼如仙，固宜不久。（《古今词统》）

明陆云龙：奇峭。（《词菁》）

清周济:隐括一生,结语遂作藤州之谶。造语奇警,不似少游寻常手笔。(《宋四家词选》)

清陈廷焯:笔势飞舞。少游后至藤州,醉卧光华亭而卒,此为词谶矣。(《词则》)

临江仙

千里潇湘挼蓝浦①,兰桡昔日曾经②。月高风定露华清。微波澄不动,冷浸一天星③。　　独倚危樯情悄悄④,遥闻妃瑟泠泠⑤。新声含尽古今情。曲终人不见,江上数峰青⑥。

【题解】

绍圣三年(1096),少游坐谒告写佛书,削秩徙郴州。本篇作于是年十月赴郴州途中经潇湘之时。词人泊舟江畔,联想到昔年亦曾行经此地的屈原、湘灵,与自己实可谓千古同调,内心不胜悲戚。全词境界寂寥幽清,情感凄苦悲凉。

【注释】

①挼蓝:浸揉蓝草作染料,诗词中常用以借指湛蓝色。唐白居易《春池上戏赠李郎中》诗:"直似挼蓝新汁色,与君南宅染罗裙。"

②兰桡:即兰舟,小舟的美称。唐太宗《帝京篇》之六:"飞盖去芳园,兰桡游翠渚。"本句谓昔年屈原、湘灵亦曾乘舟经过此处。

③"冷浸"句:语本后蜀欧阳炯《西江月》词:"月映长江秋水,分明冷浸星河。"

④危樯:高的桅杆。杜甫《旅夜书怀》:"细草微风岸,危樯独夜舟。"

⑤妃瑟:湘灵鼓瑟。湘灵,湘水之神,传为舜妃,溺于湘水,为湘夫人,亦称湘妃。《楚辞·远游》:"使湘灵鼓瑟兮,令海若舞冯夷。"

⑥"曲终"二句:用唐钱起《省试湘灵鼓瑟》诗结尾成句。

【汇评】

宋吴曾：唐钱起《湘灵鼓瑟》诗末句："曲终人不见,江上数峰青。"秦少游尝用以填词云："千里潇湘挼蓝浦……"滕子京亦尝在巴陵以前两句填词云："湖水连天天连水,秋来分外澄清。君山自是小蓬瀛。气蒸云梦泽,波撼岳阳城。帝子有灵能鼓瑟,凄然依旧伤情。微闻芳芷动兰馨。曲终人不见,江上数峰青。"(《能改斋漫录》)

宋吴炯：潭守宴客合江亭,时张才叔在座,令官妓悉歌《临江仙》。有一妓独唱两句云："微波浑不动,冷浸一天星。"才叔称叹,索其全篇,妓以实语告之："贱妾夜居商人船中,邻舟一男子,遇月色明朗,即倚樯而歌,声极凄怨。但以苦乏性灵,不能尽记。但助以一二同列,共往记之。"太守许焉。至夕,乃与同列饮酒以待。果一男子,三叹而歌。有赵琼者,倾耳堕泪曰："此秦七声度也。"赵善讴,少游南迁,经从一见而悦之。商人乃遣人问讯,即少游灵舟也。其词曰："千里潇湘挼蓝浦……"崇宁乙酉,张才叔过荆州,以语先子,乃相与叹息曰："少游了了,必不致沉滞恋此坏身,似有物为之。然词语超妙,非少游不能作,抑又可疑也。"(《五总志》)

清孙兆浒：巴陵乐府,旧传《临江仙》一阕,为滕子京所作,其词曰："湖水连天天连水,秋来分外澄清。君山自是小蓬瀛。气蒸云梦泽,波撼岳阳城。帝子有灵能鼓瑟,凄然依旧伤情。微闻芳芷动兰馨。曲终人不见,江上数峰青。"又,秦少游前调云："千里潇湘挼蓝浦……"两词工力悉敌,末韵皆用钱起律句,何巧合耶。盖古人名句,谁不习闻。适与景合,随触而来,固无意于蹈袭也。(《片玉山房词话》)

清杜文澜：诗之幽瘦者,宋人均以入词,如"曲终人不见,江上数峰青"一联,秦少游直录其语。若是者不少,是在填词家善于引用,亦须融会其意,不宜全录其文。总之,词以纤秀为佳,凡使气使才,矜奇矜僻,皆不可一犯笔端。(《憩园词话》)

阮郎归

潇湘门外水平铺,月寒征棹孤。红妆饮罢少踟蹰,有人

82

偷向隅^①。　　挥玉箸^②,洒真珠,梨花春雨余^③。人人尽道断肠初,那堪肠已无^④。

【题解】

本篇为绍圣三年(1096)十月徙郴州途中经衡州(长沙)时所作。虽系宴饮之会,但殊无欢娱之态,反借宴罢分别之际一女子向隅洒泪传达出世路蹭蹬、天涯孤旅的无尽哀思。

【注释】

①向隅:面向屋角而不快。刘向《说苑·贵德》:"今有满堂饮酒者,有一人独索然向隅而泣,则一堂之人皆不乐矣。"

②玉箸:眼泪。参前《调笑令十首并诗·王昭君》注释。

③"梨花"句:本白居易《长恨歌》:"玉容寂寞泪阑干,梨花一枝春带雨。"

④"人人"句:晏几道《阮郎归》(旧香残粉似当初)云:"梦魂纵有也成虚,那堪和梦无。"在几近极致处再翻一层,手法正同。

【汇评】

明沈际飞:"玉箸""真珠",觉叠;得"梨花雨余"句,叠正妙。及云"肠已无",如新笋发林,高出林上。(《续编草堂诗余》)

明杨慎:此等情绪,煞甚伤心。秦七太深刻矣!(批《草堂诗余》)

清冯煦:淮海、小山,古之伤心人也。其淡语皆有味,浅语皆有致,求之两宋词人,实罕其匹。(《宋六十一家词选》)

如梦令

遥夜沉沉如水,风紧驿亭深闭^①。梦破鼠窥灯,霜送晓寒侵被。无寐,无寐,门外马嘶人起。

本篇书写流贬中见闻感受,并未直接言情,但程途之艰辛与内心之凄苦宛然可见。词中所记时令为冬季,少游一生数次贬谪,唯徙郴州时间与此相合,故当作于绍圣三年(1096)冬。

【注释】

①驿亭:古代供官员、差役中途暂息、住宿、补给的馆舍。唐杜甫《秦州杂诗》之九:"今日明人眼,临池好驿亭。"

阮郎归

湘天风雨破寒初,深沉庭院虚。丽谯吹罢小单于①,迢迢清夜徂②。　　乡梦断,旅魂孤,峥嵘岁又除。衡阳犹有雁传书,郴阳和雁无③。

【题解】

本篇绍圣三年(1096)除夕作于郴州。时逢佳节,独在异乡,亲朋无一字,只困守着孤馆长夜,忍受着乡魂旅思的刻骨煎熬,个中况味在词中抒发得既显黯充分又余味无穷。结句与前《阮郎归》(潇湘门外)、晏几道同调(旧香残粉)之结句同一手法,一回一转间,怎一个愁字了得。

【注释】

①丽谯:华丽的高楼。《庄子·徐无鬼》:"君亦必无盛鹤列于丽谯之间。"郭象注:"丽谯,高楼也。"成玄英疏:"言其华丽噍峣也。"小单于:唐大角曲名。《乐府诗集·横吹曲辞四·梅花落》郭茂倩题解:"'梅花落',本笛中曲也。按唐大角曲亦有'大单于''小单于''大梅花''小梅花'等曲,今其声犹有存者。"唐李益《听晓角》诗:"无限塞鸿飞不度,秋风吹入小单于。"

②徂:过去,流逝。杜甫《倦夜》诗:"万事干戈里,空悲清夜徂。"本句谓除夕之夜凄清孤寂,显得格外漫长。

③"衡阳"二句:衡阳有回雁峰,为衡山七十二峰之首,传说北雁南飞,至此而止。郴州更在衡阳之南,故传书之雁也无法到达。此二句谓此时音

耗全无,极言孤单寂寞之苦。

【汇评】

明杨慎:此等情绪,煞甚伤心,秦七太深刻矣。(批《草堂诗余》)

明沈际飞:衡、郴皆楚、湘地,故曰"湘"。伤心!(《草堂诗余正集》)

清许宝善:调本凄怨,词更深婉,宜东坡之三叹不置也。(《自怡轩词选》)

清冯煦:楚天凉雨破寒初,我亦迢迢清夜徂。凄绝柳州秦学士,衡阳犹有雁传书。(《蒿庵类稿·论词绝句(选一)》)

踏莎行

雾失楼台,月迷津渡,桃源望断无寻处①。可堪孤馆闭春寒②,杜鹃声里斜阳暮。   驿寄梅花③,鱼传尺素④,砌成此恨无重数。郴江幸自绕郴山⑤,为谁流下潇湘去!

【题解】

据《皇宋通鉴长编纪事本末》:"绍圣四年二月庚辰诏谓:郴州编管秦观,移送横州编管。"本篇作于是年(1097)春,当为已奉诏而未即行之时。明毛晋刻本调下题作《郴州旅舍》。《唐宋诸贤绝妙词选》调下注云:"东坡绝爱尾两句。"故宫影印本词末附注:"坡翁绝爱此词尾两句,自书于扇云:'少游已矣,虽万人何赎!'释天隐注《三体唐诗》,谓此两句实自'沅湘日夜东流去,不为愁人住少时'变化。然《邶》之'毖彼泉水,亦流于淇'已有此意。秦公盖出诸此。又《王直方诗话》载黄山谷惜此词'斜阳暮'意重,欲易之,未得其字。今《郴志》遂作'斜阳度'。愚谓此亦何害而病其重也。李太白'眷彼落日暮',即'斜阳暮'也;刘禹锡'乌衣巷口夕阳斜',杜工部'山木苍苍落日曛',皆此意。别如韩文公《纪梦》诗'中有一人壮非少',《石鼓歌》'安置妥帖平不颇'之类尤多,岂可谓之重耶?山谷当无此言,即诚出山谷,亦一时之言,未足为定论也。"诸明本亦皆有此附注。

由词中所诉情感来看,少游于此时已几近绝望:桃源津渡虽在,但我独难出,与我相伴者唯有孤馆春寒、斜阳日暮、啼血声声。昔日曾慨叹郴阳无雁,而今纵有鱼雁传书,亦只当献愁供恨,平添哀苦。郴江终下潇湘,身不由主,我又何尝不是任由命运拨弄,无计摆脱? 全作朦胧凄楚,其纠结沉痛已至不可理喻之境,无法自解,亦已不欲自解。

【注释】

①"雾失"三句:"楼台""津渡""桃源",皆为作者理想之寄托,然均已杳不可寻。

②可堪:哪堪,怎堪。唐李商隐《春日寄怀》诗:"纵使有花兼有月,可堪无酒又无人。"

③驿寄梅花:古人常以折梅寄送表达对亲朋的思念和问候。《太平御览》卷九七○引南朝宋盛弘之《荆州记》:"陆凯与范晔相善,自江南寄梅花一枝诣长安与晔,并赠花诗:'折花逢驿使,寄与陇头人。江南无所有,聊赠一枝春。'"

④鱼传尺素:古乐府《饮马长城窟行》:"客从远方来,遗我双鲤鱼。呼儿烹鲤鱼,中有尺素书。"尺素:书写用的一尺长左右的白色生绢,借指书信。

⑤幸自:本自。唐韩愈《戏题牡丹》诗:"幸自同开俱隐约,何须相倚斗轻盈。"

【汇评】

宋范温:淮海小词曰:"杜鹃声里斜阳暮。"公曰:"此词高绝。但既云斜阳,又云暮,则重出也。"欲改"斜阳"作"帘栊"。余曰:"既言孤馆闭春寒,似无帘栊。"公曰:"亭传虽未必有帘栊,有亦无害。"余曰:"此词本模写牢落之状,若曰帘栊,恐损初意。"先生曰:"极难得好字,当徐思之。"然余因此晓句法不当重叠。(《潜溪诗眼》)

宋周辉:秦少游发郴州,反顾有所属,其词曰:"雾失楼台……"山谷云:"语意极似刘梦得楚蜀间语。"(《清波杂志》)

宋何士信:黄山谷以此词"斜阳暮"为重出,欲改"斜阳"为"帘栊"。余以"斜阳"属日、"暮"属时,未为重复。坡公"回首斜阳暮"、周美成"雁背斜阳红欲暮"可证。(《草堂诗余》)

宋王楙:《诗眼》载前辈有病少游"杜鹃声里斜阳暮"之句,谓"斜阳暮"

似觉意重。仆谓不然,此句读之,于理无碍。谢庄诗曰:"夕天际晚气,轻霞澄暮阴。"一联之中,三见晚意,尤为重叠。梁元帝诗"斜景落高春",既言斜景,复言高春,岂不为赘?古人为诗,正不如是之泥。(《野客丛书》)

明杨慎:秦少游《踏莎行》"杜鹃声里斜阳暮",极为东坡所赏。而后人病其"斜阳暮"似重复,非也。见斜阳而知日暮,非复也。犹韦应物诗"须臾风暖朝日暾",既曰"朝日",又曰"暾",当亦为宋人所讥矣。此非知诗者。古诗"明月皎夜光","明"、"皎"、"光",非复乎?李商隐诗"日向花间留返照",皆然。又唐诗:"青山万里一孤舟。"又:"沧溟千万里,日夜一孤舟。"宋人亦言"一孤舟"为复,而唐人累用之,不以为复也。(《词品》)

又:古人有谓"斜阳暮"三字重出,然因"斜阳"而知日暮,岂得为重出乎?末二句与"衡阳犹有雁传书,郴阳和雁无"同意。(批《草堂诗余》)

明徐渭:此淡语之有情者也。(评点段斐君刊《淮海集长短句》)

明王世贞:"平芜尽处是春山,行人更在春山外""郴江幸自绕郴山,为谁流下潇湘去",此淡语之有情者也。(《弇州山人词评》)

明俞彦:周长卿曰:古人好词,即一字未易弹,亦未易改。子瞻"绿水人家绕",别本"绕"作"晓",为《古今词话》所赏。愚谓"绕"字虽平,然是实境,"晓"字无归着,试通咏全章便见。少游"斜阳暮",后人妄肆讥评,托名山谷,《淮海集》辨之详矣。又有人亲在郴州见石刻是"斜阳树","树"字甚佳,犹未若"暮"字。(《爱园词话》)

明沈际飞:少游坐党籍,安置郴州,谓郴江与山相守,而不能不流,自喻最凄切。(《草堂诗余正集》)

清王士禛:"郴江幸自绕郴山,为谁流下潇湘去。"千古绝唱。秦殁后,坡公常书此于扇,云:"少游已矣,虽万人何赎!"高山流水之悲,千载而下,令人腹痛。(《花草蒙拾》)

清先著、程洪:"斜阳暮",犹唐人"一孤舟"句法耳。升庵之论破的。(《词洁》)

清徐釚:秦少游《踏莎行》……东坡绝爱尾二句,余谓不如"杜鹃声里斜阳暮",尤堪肠断。(《词苑丛谈》)

清邓廷桢:绍圣元年,绍述议起,东坡贬黄州,寻谪惠州,子山、鲁直相继罢去,少游亦坐此南迁,作《踏莎行》……东坡读之叹曰:"吾负斯人!"盖古人师友之际,久要不忘如此。(《双砚斋词话》)

清黄苏:少游坐党籍,安置郴州,前一阕是写在郴望想玉堂天上,如桃源不可寻,而自己意绪无聊也。次阕言书难达意,自己同郴水自绕郴山,不能下潇湘以向北流也。语意凄切,亦自蕴藉,玩味不尽。"雾失""月迷",总是被谗写照。(《蓼园词选》)

清王国维:有有我之境,有无我之境。"泪眼问花花不语,乱红飞过秋千去","可堪孤馆闭春寒,杜鹃声里斜阳暮",有我之境也;"采菊东篱下,悠然见南山","寒波淡淡起,白鸟悠悠下",无我之境也。有我之境,以我观物,故物皆著我之色彩;无我之境,以物观物,故不知何者为我,何者为物。(《人间词话》)

又:境界有大小,然不以是而分高下。"细雨鱼儿出,微风燕子斜",何遽不若"落日照大旗,马鸣风萧萧";"宝帘闲挂小银钩",何遽不若"雾失楼台,月迷津渡"也?(同上)

又:少游词境最为凄婉,至"可堪孤馆闭春寒,杜鹃声里斜阳暮",则变而为凄厉矣。东坡赏其后二句,犹为皮相。(同上)

又:"风雨如晦,鸡鸣不已""山峻高以蔽日兮,下幽晦以多雨;霰雪纷其无垠兮,云霏霏而承宇""树树皆秋色,山山唯落晖""可堪孤馆闭春寒,杜鹃声里斜阳暮",气象皆相似。(同上)

鼓笛慢

乱花丛里曾携手,穷艳景,迷欢赏。到如今,谁把雕鞍锁定,阻游人来往?好梦随春远,从前事,不堪思想。念香闺正杳,佳欢未偶,难留恋,空惆怅。　　永夜婵娟未满①,叹玉楼,几时重上?那堪万里,却寻归路,指阳关孤唱②。苦恨东流水,桃源路,欲回双桨。仗何人,细与丁宁问呵,我如今怎向③?

本篇以从前的赏心乐事反衬今日的惆怅孤苦,借与佳人再无缘聚首表现自己的苦闷无助,艳情是宾,自伤身世是主。由下阕中的万里阳关孤唱、欲回桃源路等内容可知其又当远谪,写作时间与上篇《踏莎行》大略相同。

【注释】

①婵娟:月亮。苏轼《水调歌头》:"但愿人长久,千里共婵娟。"

②阳关:古曲《阳关三叠》的省称,亦泛指离别时唱的歌曲。唐李商隐《饮席戏赠同舍》诗:"唱尽《阳关》无限叠,半杯松叶冻颇黎。""阳关孤唱"意谓孤身远谪,无人相送。

③怎向:犹怎奈,奈何。宋柳永《过涧歇近》词:"怎向心绪,近日厌厌长似病。"

如梦令

楼外残阳红满,春入柳条将半。桃李不禁风,回首落英无限。肠断,肠断,人共楚天俱远①。

【题解】

本篇绍圣四年(1097)春作于郴州。表现行将远谪岭南时的凄苦心境,文字虽少,但无力与命运抗争的颠沛感、无助感尽现其中。

【注释】

①楚天:楚地的天空。唐杜甫《暮春》诗:"楚天不断四时雨,巫峡常吹万里风。"此句谓将赴岭南,与楚天亦渐行渐远。

【汇评】

明李攀龙:对景伤春,于此词尽见矣。(《草堂诗余隽》眉批及评)

又:因阳春景色而思故人心情,人远而思更远矣。(同上)

如梦令

池上春归何处？满目落花飞絮。孤馆悄无人，梦断月堤归路①。无绪，无绪，帘外五更风雨。

【题解】

本篇作于绍圣四年(1097)暮春时节，少游仍在郴州。词作由春归而思及人归，然春归或有迹，人归空梦魂，当梦断之时，唯有孤馆外无情风雨与己相伴。语似寻常，但感伤无限。

【注释】

①月堤：指月光下的堤防。唐白居易《早朝》诗："月堤槐露气，风飐烨烟香。"

【汇评】

明杨慎：孤馆听雨，较洞房雨声，自是不胜情之词，一喜一悲。(《批草堂诗余》)

明李攀龙：难为人语，自有可语之人在。(《草堂诗余隽》眉批及评)

又：深情厚意，言有尽而味自无穷。(同上)

满庭芳

碧水惊秋①，黄云凝暮，败叶零乱空阶。洞房人静②，斜月照徘徊。又是重阳近也，几处处，砧杵声催③。西窗下，风摇翠竹，疑是故人来④。　　伤怀，增怅望，新欢易失，往事难猜。问篱边黄菊，知为谁开？谩道愁须殢酒⑤，酒未醒，愁已先回。凭栏久，金波渐转⑥，白露点苍苔。

【题解】

本篇抒写怀旧伤别之情,以萧索衰败之典型秋景起笔,景中含情,并顺势引出孤寂无眠之人难以排遣的万千愁绪,最后以清冷夜色中茫然久伫的形象收束,层层铺叙,委曲婉转,情景相得,凄楚动人。《蓼园词选》谓"应是在谪时作",参之以词中对秋景的描写,本篇当为绍圣四年(1097)在横州所作。《唐宋诸贤绝妙词选》调下题作《秋思》。

【注释】

①惊秋:秋令蓦地来到。唐韦应物《府舍月游》诗:"横河俱半落,泛露忽惊秋。"

②洞房:幽深的内室。《楚辞·招魂》:"姱容修态,絚洞房些。"

③砧杵:捣衣石和棒槌,亦指捣衣。南朝宋鲍令晖《题书后寄行人》诗:"砧杵夜不发,高门昼常关。"

④"风摇"二句:本唐李益《竹窗闻风寄苗发司空曙》诗:"开门风动竹,疑是故人来。"

⑤殢酒:沉缅于酒,醉酒。参前《梦扬州》注释。

⑥金波:月亮。唐白居易《对琴待月》诗:"玉轸临风久,金波出雾迟。"

【汇评】

明李攀龙:待月迎风,情怀如诉。酒堪破愁,真愁非酒能破。(《草堂诗余隽》眉批及评)

又:托意高远,措词洒脱,而一种秋思,都为故人。展转诵者,当领之言先。(同上)

明沈际飞:经少游手随分铺写,定尔闲雅高适。"谩道"三句,此意道过矣,萦人不休。(《草堂诗余正集》)

清黄苏:亦应是在谪时作。"风摇"二句,写得蕴藉,非故人也,风也,能弗黯然?"酒未醒,愁先回",意亦曲而能达。结句清远。(《蓼园词选》)

减字木兰花

天涯旧恨,独自凄凉人不问。欲见回肠①,断尽金炉小篆

91

香②。　　黛蛾长敛③,任是东风吹不展④。困倚危楼,过尽飞鸿字字愁。

【题解】

本篇写思妇念远,将无形之愁绪尽化为有形之具象,清丽俊爽,含蕴悠远。虽系传统题材,但恐非一般意义上的"男子作闺音",而是将自己强烈的身世之感融蓄其中,故肝肠寸断,格外凄婉动人。艺术表现方面则用语自然省洁,笔法纯熟老练。应系绍圣年间贬谪生涯中所作。

【注释】

①回肠:比喻愁苦、悲痛之情郁结于内,辗转不解。唐唐彦谦《春阴》诗:"一寸回肠百虑侵,旅愁危涕两争禁。"

②篆香:参前《画堂春》(东风吹柳)注释。

③黛蛾:犹黛眉,女子之眉。唐温庭筠《晚归曲》:"湖西山浅似相笑,菱刺惹衣攒黛蛾。"

④东风:清黄仪校本、朱祖谋《强村丛书》本作"春风"。

【汇评】

俞陛云:"回肠"二句及"黛蛾"二句,寻常之意,以曲折之笔写出,便生新致。结句含蕴有情。(《唐五代两宋词选释》)

菩萨蛮

金风簌簌惊黄叶,高楼影转银蟾匝①。梦断绣帘垂,月明乌鹊飞②。　　新愁知几许?却似丝千缕③。雁已不堪闻,砧声何处村。

【题解】

《全宋词》以本篇为无名氏作。然多本皆署秦观,《草堂诗余正集》《类编草堂诗余》《蓼园词选》等调下题作《秋闺》,明毛晋刻《淮海词》附注云:

"时刻不载"。当以秦作为是。此词意在借思妇之情表现羁旅之愁,观其中"新愁知几许""雁已不堪闻,砧声何处村"等语,应作于绍圣年间贬谪之时。

【注释】

①银蟾:月亮的别称,传说月中有蟾蜍,故称。唐白居易《中秋月》诗:"照他几许人肠断,玉兔银蟾远不知。"

②"月明"句:语本曹操《短歌行》:"月明星稀,乌鹊南飞。绕树三匝,无枝可依。"

③"却似"句:毛晋本作"欲似柳千缕"。

【汇评】

明李攀龙:色色入愁,声声致憾。(《草堂诗余隽》眉批及评)

又:如风声、雁声、砧声,俱足动秋闺之思。(同上)

明沈际飞:秋枕黄叶,无情物耳。用两"惊"字,无情生情。(《草堂诗余正集》)(按:此则乃就本词与另一《菩萨蛮》"虫声泣露惊秋枕"两篇而言。)

明陆云龙:种种可怜。(《词菁》)

清黄苏:"匝"字从"转"生来,匹月由东而西,转于高楼之上者,已匝也。通首亦清微澹远。(《蓼园词选》)

如梦令

幽梦匆匆破后,妆粉乱痕霑袖。遥想酒醒来,无奈玉销花瘦①。回首,回首,绕岸夕阳疏柳。

【题解】

本篇写一青春已逝、容颜不再的女子凄苦哀婉的微妙心境,实蕴含着词人自身不堪回首的深深苦痛。约作于绍圣年间。

【注释】

①玉销花瘦:指女子年长色衰,容颜憔悴。

明钱允治："玉销花瘦"句,语新奇。(《类编笺释续选草堂诗余》)

明沈际飞："匆匆破"三字真,"玉销花瘦"四字警。末句不可倒作首句,思之思之。(《草堂诗余续集》)

明陆云龙:奇丽。(《词菁》)

浣溪沙

霜缟同心翠黛连,红绡四角缀金钱^①,恼人香爇是龙涎^②。枕上忽收疑是梦,灯前重看不成眠,又还一段恶因缘。

【题解】

本篇写一弃妇难以忘旧却又无奈现实的复杂感受。对字面意义的表现上采用了对人、事、物直接描摹的手法,但全作同时又是通体比兴,表达了对自身政治命运的嗟叹。约作于绍圣年间。

【注释】

①"霜缟"二句:对定情信物的直接描写,应为同心结之类。霜缟:白绢。宋王禹偁《柳赞善写真赞》:"秀师援毫,写于霜缟。"翠黛:墨绿色。唐皮日休《太湖诗·石板》:"似将翠黛色,抹破太湖秋。"红绡:见前《调笑令·灼灼》注释。

②香爇(ruò):焚香。龙涎:名贵香料,为抹香鲸内脏分泌物,呈蜡状灰黑色。宋刘过《沁园春·美人指甲》词:"见凤鞋泥污,偎人强剔,龙涎香断,拨火轻翻。"

（1098－1100）

元符年间

青门饮

风起云间,雁横天末,严城画角,梅花三奏①。塞草西风,冻云笼月,窗外晓寒轻透。人去香犹在,孤衾长闲余绣。恨与宵长,一夜熏炉,添尽香兽②。　　　前事空劳回首,虽梦断春归,相思依旧。湘瑟声沈③,庾梅信断④,谁念画眉人瘦?一句难忘处,怎忍辜,耳边轻咒。任人攀折,可怜又学,章台杨柳⑤。

【题解】

本篇作于元符元年(1098)少游编管横州时,为怀念长沙某艺妓之作。《青泥莲花记》引《古今词话》云:"秦少游尝眷一妓,临别,誓阖户相待。后有毁之者,少游作词谢曰……妓见'任攀折'之句,遂削发为尼。"词中满含对伊人的深长思念和无缘重聚的沉重叹惋,亦包含着少游本人天涯沦落、身不由己的无尽感伤。

【注释】

①梅花三奏:即"梅花三弄",可参前《桃源忆故人》注释。

②香兽:用炭屑匀和香料制成的兽形的炭。《晋书·外戚传·羊琇》:"琇性豪侈,费用无复齐限,而屑炭和作兽形以温酒,洛下豪贵咸竞效之。"南唐李煜《浣溪沙》词:"红日已高三丈透,金炉次第添香兽。"

③湘瑟:传湘妃所弹之瑟,亦泛指瑟。唐孟郊《泛黄河》诗:"湘瑟飕飗弦,越宾呜咽歌。"

④庾梅:庾岭之梅,此处泛指梅花。古人有折梅寄意的做法,参前《踏莎行》(雾失楼台)注释。本句谓音书相隔之意。

⑤"任人攀折"三句:典出孟启《本事诗·情感》,载唐韩翃与妓柳氏相恋。韩来岁成名,以世方扰,不敢携柳同行,三年后使人寄之诗曰:"章台柳,章台柳,昔日青青今在否?纵使长条似旧垂,亦应攀折他人手。"柳答诗

曰:"杨柳枝,芳菲节。可惜年年赠离别。一叶随风忽报秋,纵使归来不堪折。"章台:汉长安街道名。《汉书·张敞传》:"敞无威仪,时罢朝会,过走马章台街,使御史驱,自以便面拊马。"后多借指妓院。宋晏几道《鹧鸪天》词:"新掷果,旧分钗,冶游音信隔章台。"

醉乡春

唤起一声人悄,衾冷梦寒窗晓①。瘴雨过②,海棠开,春色又添多少。　　　社瓮酿成微笑③,半缺椰瓢共舀。觉倾倒④,急投床,醉乡广大人间小⑤。

【题解】
《苕溪渔隐丛话》引《冷斋夜话》:"少游在黄州,饮于海棠桥。桥南北多海棠,有老书生家于海棠丛间。少游醉宿于此,明日题其柱云:'唤起一声人悄……'东坡爱其句,恨不得其腔,当有知者。"按此处之"黄州"实为"横州"之误。《诗话总龟》《词林纪事》《词律》《古今词话》等亦有类似记载。故本篇于元符元年(1098)春作于横州。词中写春日里于当地人家做客,古风犹存的热情招待令自己不免脱略形迹,痛饮一醉。饶是如此,少游仍无宾至如归、随遇而安的放旷,来自外部更源于内心的压抑令他无法真正释然,还是不免发出了"醉乡广大人间小"的悲吟。

【注释】
①衾冷:《冷斋夜话》作"衾暖",《诗话总龟》作"衾枕"。
②瘴雨:南方含有瘴气的雨。前蜀李珣《南乡子》词:"行客待潮天欲暮,送春浦,愁听猩猩啼瘴雨。"
③社瓮:即社酒,旧时于社日祭神所备之酒。宋孟元老《东京梦华录·秋社》:"八月秋社,各以社糕、社酒相赍送贵戚。"
④倾倒:《词律》作"颠倒"。
⑤醉乡:醉酒后神志不清的境界。唐王绩《醉乡记》:"醉之乡,去中国不知其几千里也。其土旷然无涯,无丘陵阪险;其气和平一揆,无晦明寒

暑；其俗大同，无邑居聚落；其人任清，无爱憎喜怒，吸风饮露，不食五谷。其寝于于，其行徐徐。……阮嗣宗、陶渊明等十数人，并游于醉乡。"

【汇评】

宋刘受祖：绍圣间，秦淮海先生以御史刘拯论其增损实录，谪郴移横。是时，常醉于桥畔书生祝氏家。明日，题一词，有"瘴雨过，海棠开"之句，州人因以海棠名桥。（《横州志·海棠桥记》）

明卓人月：（结句）学得嗣宗双白眼。（《古今词统》）

江城子

南来飞燕北归鸿①。偶相逢，惨愁容，绿鬓朱颜，重见两衰翁②。别后悠悠君莫问，无限事，不言中。　　小槽春酒滴珠红③。莫匆匆，满金钟，饮散落花流水，各西东④。后会不知何处是，烟浪远，暮云重。

【题解】

元符元年（1098）九月，秦观被诏令移送雷州编管。元符三年（1100）正月，哲宗崩，徽宗即位。五月下赦令，诸谪臣多内迁。苏轼自海南移廉州，于是年六月过雷州与秦观相会。据苏轼《书秦少游挽词后》："庚辰岁六月二十五日，予与少游相别于海康，意色自若，与平日不少异。但自作挽词一篇，人或怪之。予以谓少游齐死生，了物我，戏出此语，无足怪者。已而北归，至藤州，以八月十二日，卒于光化亭上。呜呼，岂亦自知当然者耶，乃录其诗云。"少游本篇即作于此次海康（宋时雷州治所）之会时。此时少游年五十有二，已遍历人世沧桑，却绝无东坡"一蓑烟雨任平生"的疏旷，回首前尘往事，不愿提，不忍提，故尽付不言中；于来日程途，亦觉幽渺难测，不能望，不敢望，唯有且尽今日之欢，将一切付诸虚无。

【注释】

①南来飞燕：作者自喻；北归鸿：喻苏轼。

②"绿鬓"二句:绿鬓朱颜:指年轻时的容貌。晏殊《少年游》词:"绿鬓朱颜,道家装束,长似少年时。"衰翁:时苏轼年六十五,少游年五十二。此二句谓久别重逢,彼此均韶华尽逝。

③"小槽"句:语本唐李贺《将进酒》诗:"琉璃钟,琥珀浓,小槽酒滴真珠红。"小槽:古时注酒之器。

④"饮散"二句:谓别后彼此又将各自西东,如落花流水般身不由主。柳永《雪梅香》词:"雅态妍姿正欢洽,落花流水忽西东。"

【汇评】

清陈廷焯:亦疏落,亦沉郁。(《词则》)

存疑词

丑奴儿

夜来酒醒清无梦，愁倚阑干。露滴轻寒，雨打芙蓉泪不干。　　佳人别后音尘悄，瘦尽难拚①。明月无端，已过红楼十二间。

【题解】

明末毛晋刻《淮海词》作《采桑子》。一说为黄庭坚所作，宋本《山谷琴趣外编》注云："此词或者为秦少游所作，而公集中亦载，以是故两存之"。

【注释】

①难拚（pàn）：难以割舍。宋柳永《昼夜乐》："早知恁地难拚，悔不当时留住。"

【汇评】

明钱允治：芙蓉经雨，清丽如滴，离恨可知。（《类编笺释续选草堂诗余》）

明沈际飞："瘦尽难拚"，切情，忽有此境，不是语言文字。（《续编草堂诗余》）

夜游宫

何事东君又去①？空满院，落花飞絮。巧燕呢喃向人语，何曾解，说伊家，些子苦。　　况是伤心绪，念个人，又成暌阻②。一觉相思梦回处，连宵雨，更那堪，闻杜宇。

【题解】

见《京本通俗小说·西山一窟鬼》，《全宋词》作少游著，然所依仅此，别本未见。或谓此词风格与少游早期相类,然此类词作个性特色并不鲜明,自五代至清皆然。故存疑。

【注释】

①东君:司春之神。唐王初《立春后作》:"东君珂佩响珊珊,青驭多时下九关。方信玉霄千万里,春风犹未到人间。"

②暌阻:阻隔;分离。唐喻凫《送武毅之邠宁》诗:"悠然一暌阻,山叠房云重。"

长相思

铁瓮城高,蒜山渡阔,干云十二层楼①。开樽待月,掩箔披风,依然灯火扬州。绮陌南头,记歌名宛转,乡号温柔②。曲槛俯清流,想花阴,谁系兰舟? 念凄绝秦弦,感深荆赋,相望几许凝愁③。勤勤裁尺素,奈双鱼,难渡瓜洲④。晓鉴堪羞,潘鬓点,吴霜渐稠⑤。幸于飞,鸳鸯未老,不应同是悲秋。

【题解】

贺铸《东山词》中亦录此篇,题作《梦扬州》。朱祖谋强村丛书本《东山词》中云:"此词又见秦淮海词,作《长相思》。按杨补之有《次贺方回韵》,此词为贺作无疑,秦词误收入。"夏承焘《贺方回年谱》:"'铁瓮城高'即方回《梦扬州》词而误入秦集者,非秦作也。《老学庵笔记》卷八谓方回挽王蓬诗亦见于秦集,殆以二家风格相近,故多互误。"而《词律》卷二《长相思》调下杨无咎"急雨回风"篇末注曰:"逃禅自注此词,乃用贺方回韵。而淮海'铁瓮城高'一首,与此韵脚相同。想扬州怀古,秦贺同作也。"唐圭璋《宋词互见考》亦断言此词乃秦观用贺方回韵。两种说法各有所据,姑存疑。

【注释】

①铁瓮城:江苏镇江北固山前的一座古城,三国时孙权所筑。宋王令

《忆润州葛使君》:"金山寺近尘埃绝,铁瓮城深气象雄。"蒜山:《一统志》:"在镇江府治西三里西津渡口,北临大江,无峰岭,山多泽蒜,故名。或谓周瑜、孔明会此计破曹操,人谓其多算,因亦名蒜山。"

②绮陌:繁华的街道。唐刘沧《及第后宴曲江》:"归时不省花间醉,绮陌香车似水流。"宛转:歌名,又名《神女宛转歌》。《乐府诗集》卷六十《琴曲歌辞》载晋刘妙容《宛转歌》二首,中有句云:"歌宛转,宛转凄以哀。愿为星与汉,光影共徘徊。"乡号温柔:即温柔乡之谓。

③秦弦:即秦筝。李白《古风》之五五:"齐瑟弹东吟,秦弦弄西音。"荆赋:指楚辞。此篇意在悲秋,则此处应特指宋玉《九辩》。

④"勤勤"三句:谓欲寄书信,但无奈难以送达瓜洲。双鱼、尺素:参前《踏莎行》(雾失楼台)注释。

⑤潘鬓:晋潘岳《秋兴赋》序:"余春秋三十有二,始见二毛。"后因以"潘鬓"谓中年鬓发初白。吴霜:吴地的霜,亦比喻白发。唐李贺《还自会稽歌》:"吴霜点归鬓,身与塘蒲晚。"

【汇评】

明徐渭:出调高爽,不尚纤丽,词家正声。(明段斐君刻《淮海集》卷上眉批)

点绛唇

醉漾轻舟,信流引到花深处。尘缘相误①,无计花间住。烟水茫茫,千里斜阳暮。山无数,乱红如雨,不记来时路。

【题解】

本篇调下又有题作《桃源》,写刘晨、阮肇误入桃源故事,或亦寓有作者之心境。关于作者,明末毛晋刻《淮海词》题下注"或刻苏子瞻"。此词与下一首均为元延祐刊本《东坡乐府》收录。唐圭璋《全宋词》亦收入苏轼名下,并于此篇末注云:"此后二词,洪甫云:'亲见东坡手迹于潮阳吴子野家'。"于下一首末注云:"案以上二首别又见秦观《淮海居士长短句》卷下。"又其

《宋词四考》云:"案此二首皆秦观词,见《淮海词》。惟今四印斋本《东坡词》有此二首,毛本《东坡词》删去。"近之论者多以唐氏之评为是,然亦有他说。故本书存疑。

【注释】

①尘缘:佛教谓与尘世的因缘。唐韦应物《春月观省属城始憩东西林精舍》诗:"佳士亦栖息,善身绝尘缘。"

【汇评】

明沈际飞:如画。(《草堂诗余正集》)

点绛唇

月转乌啼,画堂宫徵生离恨。美人愁闷,不管罗衣褪①。清泪班班,挥断柔肠寸。嗔人问,背灯偷揾②,拭尽残妆粉。

【题解】

本篇写女子与情人分别时的情状,下片"嗔人问,背灯偷揾,拭尽残妆粉"的细节写尽其复杂心态,尤为传神。作者亦有为苏轼之说,详见前一首"题解"。

【注释】

①罗衣褪:罗衣宽松,喻因相思愁苦而致身材瘦损。可参柳永《蝶恋花》词:"衣带渐宽终不悔,为伊消得人憔悴。"

②揾:揩拭。辛弃疾《水龙吟·登建康赏心亭》:"倩何人,唤取红巾翠袖,揾英雄泪?"

浣溪沙

脚上鞋儿四寸罗,唇边朱粉一樱多①,见人无语但回波。

料得有心怜宋玉，只应无奈楚襄何②，今生有分共伊么？

【题解】

本词作者向有争议。赵万里《校辑宋金元人词》引杨湜《古今词话》云："涪翁过泸南，泸帅留府会。有官妓盼盼，性颇聪慧，帅尝宠之。涪翁赠《浣溪沙》曰：'脚上鞋儿四寸罗……'盼盼拜谢。涪翁令唱词侑觞。"据此，作者为黄庭坚。而《苕溪渔隐丛话》则云："《古今词话》以古人好词，世所共知者，易甲为乙，称其所作，仍随其词牵合为说，殊无根蒂，皆不足信也。……又《八六子》'倚危亭，恨如芳草，萋萋刬尽还生'者，《浣溪沙》'脚上鞋儿四寸罗'者，二词皆见《淮海集》，乃以《八六子》为贺方回作，以《浣溪沙》为涪翁作。……皆非也。"则以为秦观作。今之学者亦各有所据，说法非一。姑存疑。

【注释】

①"唇边"句：即谓樱桃小口。一樱多：比樱桃略大。

②"料得"二句：语本唐李商隐《席上赠人》诗："料得也应怜宋玉，只应无需楚襄王。"宋玉、楚襄：参前《醉桃源》（碧天如水）注释。

鹧鸪天

枝上流莺和泪闻，新啼痕间旧啼痕。一春鱼鸟无消息①，千里关山劳梦魂。　　无一语，对芳尊，安排肠断到黄昏②。甫能炙得灯儿了③，雨打梨花深闭门。

【题解】

明清间刊刻词集多作秦观词，然《全宋词·淮海存目词》云："无名氏词，见《草堂诗余前集》卷上。"今人唐圭璋以为误署秦词。因并无宋季资料可供凭借，作者实难定论，故存疑。

①鱼鸟：即鱼雁，指书信。唐薛用弱《集异记·蒋琛》："虽鱼雁不绝，而笑言久旷。"

②安排：听任。《庄子·大宗师》："造适不及笑，献笑不及排，安排而去化，乃入于寥天一。"

③甫能：刚刚能。宋辛弃疾《杏花天》词："甫能得见茶瓯面，却早安排肠断。"

【汇评】

宋杨湜：此词形容愁怨之意最工，如后叠"甫能炙得灯儿了，雨打梨花深闭门"，颇有言外之意。（《古今词话》）

明李攀龙：新痕间旧痕，一字一血。（《草堂诗余隽》眉批及评）

又：结两句有言外无限深意，形容闺中愁怨，如少妇自吐肝胆语。（同上）

明沈际飞："安排肠断"三句，十二时中无间矣，深于闺怨者。（《草堂诗余正集》）

明杨慎：无限含愁说不得。（批《草堂诗余》）

明徐渭：看少游后三句，则十二时无间矣。此非深于闺恨者不能道。（评点邓汉章辑《淮海逸词》）

明王世贞：秦少游"安排肠断到黄昏。甫能炙得灯儿了，雨打梨花深闭门"，则十二时无间矣。此非深于闺恨者不能也。（《弇州山人词评》）

明茅暎："梨花"句与《忆王孙》同。才如少游，岂亦自袭耶？抑爱而不觉其重耶？（《词的》）

明张綖：后段三句似佳，结语尤曲折婉约有味。若嫌曲细，词与诗体不同，正欲其精工。（《草堂诗余别录》）

明陆云龙：锦心绣口，出语皆菁。"安排"二字，楚绝。（《词菁》）

清黄苏：孤臣思妇，同难为情。"雨打梨花"句，含蓄得妙，超诣也。（《蓼园词选》）

清沈祥龙：词虽浓丽而乏趣味者，以其但作情景两分语，不知作景中有情、情中有景语耳。"雨打梨花深闭门"、"落红万点愁如海"，皆情景双绘，故称好句而趣味无穷。（《论词随笔》）

金明池

琼苑金池①,青门紫陌②,似雪杨花满路。云日淡,天低昼永,过三点两点细雨。好花枝,半出墙头,似怅望,芳草王孙何处。更水绕人家,桥当门巷,燕燕莺莺飞舞。　　怎得东君长为主③?把绿鬓朱颜④,一时留住。佳人唱,金衣莫惜⑤,才子倒,玉山休诉⑥。况春来,倍觉伤心,念故国情多⑦,新年愁苦。纵宝马嘶风,红尘拂面,也则寻芳归去。

【题解】

《类编草堂诗余》、《草堂诗余》、杨慎批《草堂诗余》及明清多家选本均谓秦观作。《花草粹编》未著撰者,《全宋词·淮海词存目》以为无名氏词。难以定论,故存疑。

【注释】

①琼苑金池:汴京琼林苑、金明池。

②青门:见前《风流子》(东风吹碧草)注释。紫陌:指京师郊野的道路。汉王粲《羽猎赋》:"济漳浦而横阵,倚紫陌而并征。"

③东君:见前《夜游宫》(何事东君又去)注释。

④绿鬓朱颜:见前《江城子》(南来飞燕)注释。

⑤金衣:《金缕衣》的省称,曲调名。此句本唐杜秋娘《金缕衣》诗:"劝君莫惜金缕衣,劝君惜取少年时。"

⑥"才子"句:意谓莫辞一醉。刘义庆《世说新语·容止》:"嵇叔夜之为人也,岩岩若孤松之独立;其醉也,傀俄若玉山之将崩。"

⑦故国:故园,家乡。唐杜甫《上白帝城》诗:"取醉他乡客,相逢故国人。"

明李攀龙:怅望何处,只在燕飞莺舞中。(《草堂诗余隽》眉批及评)

又:点缀春光,如雨花错落,至佳人才子,共庆同春,犹令人神游十二峰,为之玩不释手。(同上)

明沈际飞:人生有几韶光美,倒尽金樽拼醉眠。(《草堂诗余正集》)

清黄苏:前阕写韶光婉媚,奕奕动人;次阕起处愿朱颜留住,意已感慨;至结句尤峻切,语意含蓄得妙。(《蓼园词选》)

清周济:此词最明快,得结语神味便远。(《宋四家词选》)

阮郎归

春风吹雨绕残枝,落花无可飞。小池寒绿欲生漪,雨晴还日西。　　帘半卷,燕双归,讳愁无奈眉①。翻身整顿著残棋,沉吟应劫迟②。

【题解】

《草堂诗余正集》、《类编草堂诗余》、杨慎批《草堂诗余》俱署秦观。《全宋词·淮海词存目》云:"无名氏词,见《乐府雅词拾遗》卷下。"存疑。

【注释】

①"讳愁"句:意谓虽欲掩饰内心愁苦,但终究无法展开双眉。

②"沉吟"句:应劫:围棋术语。对弈双方在一处交互吃一子谓之"打劫"。先手吃子叫"抛劫",后手应吃叫"应劫"。打劫往往出现在棋局较为险急时,且规则规定应劫者须隔一招方能还吃,故对棋手的计算能力、判断能力要求较高。本句言即便应劫时仍神思不属,意谓无法将精力全部集中在棋局之上。

【汇评】

明杨慎:眉不掩愁,棋不消愁,愁之处处著。(批《草堂诗余》)

又:"讳愁无奈眉",写想深慧。"翻身"二句,愁人之致,极宛极真。此

等情景,匪夷所思。(同上)

明李攀龙:以春花点春景,以春燕触春情,情景逼真。(《草堂诗余隽》眉批及评)

又:落花归燕,俱是抚景伤情之语。(同上)

明徐渭:"沉吟应劫迟",便是元人乐府句。(评点邓汉章辑《淮海逸词》)

明卓人月:"讳愁"五字,不知费多少安顿。(《古今词统》)

清黄苏:沈际飞曰:讳愁无奈,想深且慧。又曰:既已"翻身整顿",终不禁"应劫"之迟。写生手"应劫",犹言应敌。按此词疑少游坐党被谪后作,言己被谪而众谤尚交构也。"绕"字有纠缠不已之意。风雨相逼,至无花可飞,则憔悴甚矣。池欲生漪,亦曰"吹皱一池"之意也。"日西",言日已暮而时已晚也。整顿残棋而应劫迟,言欲求伸而无心于应敌也。辞旨清婉凄楚。结束"沉吟"二字,妙在尚有含蓄。(《蓼园词选》)

眼儿媚

楼上黄昏杏花寒,斜月小阑干。一双燕子,两行归雁,画角声残。 绮窗人在东风里①,无语对春闲。也应似旧,盈盈秋水,澹澹春山。

【题解】

本篇作者有三说。一为秦观。《诗余图谱》、《类编草堂诗余》、杨慎批《草堂诗余》等持此说。二为左誉。见于《古今词话》《玉照新志》。三为阮阅。《花庵词选》、《苕溪渔隐丛话》、赵万里辑《宋金元人词》及《全宋词》等主此。迄无定论。

【注释】

①绮窗:雕刻或绘饰得很精美的窗户。唐李商隐《瑶池》诗:"瑶池阿母绮窗开,黄竹歌声动地哀。"

宋胡仔：世所传《眼儿媚》词："楼上黄昏杏花寒……"亦闳休（按：阮闳字闳休）所作也。闳休尝为钱唐幕官，眷一营妓，罢官去，后作此词寄之。（《苕溪渔隐丛话》）

明李攀龙：对景兴思，一唱三叹，画出秋水春山图。又：写景欲鸣，写情如见，语意两到。（《草堂诗余隽》眉批及评）

明徐渭：字字清丽，集中不多得。（评点邓汉章辑《淮海逸词》）

清沈雄：王仲言曰：天台左誉，字与言，成进士，与妙妓张秾善，如"盈盈秋水，澹澹春山"与"一段离愁堪画处，横风斜雨拖衰柳"，皆为秾作也。（《古今词话》）

清黄苏：此久别忆内词耳，语语是意中摹想而得，意致缠绵中绘出，尽是镜花水月，与杜少陵"今夜鄜州月"一律同看。（《蓼园词选》）

浣溪沙

青杏园林煮酒香，佳人初试薄罗裳，柳丝摇曳燕飞忙^①。乍雨乍晴花易老^②，闲愁闲闷日偏长，为谁消瘦减容光？

【题解】

《草堂诗余》、《类编草堂诗余》、杨慎批《草堂诗余》及部分明清淮海词刻本作秦观。然本篇亦见于晏殊《珠玉词》、欧阳修《近体乐府》和吴文英《梦窗词集》。姑存疑。

【注释】

①柳丝摇曳：多本作"柳丝无力"。

②花易老：多本作"花自落"。

【汇评】

明杨慎：乍晴乍雨，二语见道，不独情景之真。（批《草堂诗余》）

明徐渭："乍雨乍晴"、"闲愁闲闷"二句，浅淡中伤春无限。（评点邓汉

章辑《淮海逸词》)

明李攀龙：罗裳初试有意味，容光消减真堪怜也。又：眼前景致口头语，便是诗家绝妙词。(《草堂诗余隽》眉批及评)

桃源忆故人

碧纱影弄东风晓，一夜海棠开了。枝上数声啼鸟，妆点愁多少。　　妒云恨雨腰肢袅，眉黛不堪重扫。薄幸不来春老，羞带宜男草①。

【题解】
本篇明毛晋刻本调名作《虞美人影》，并附注云："时刻不载。"《类编草堂诗余》、文津阁《四库全书》本《全芳备祖》均作秦观词。《草堂诗余前集》未标作者。唐圭璋《全宋词》据宋本《全芳备祖》以为欧阳修作。姑存疑。

【注释】
①宜男草：萱草的别名，又称忘忧草。古代迷信，认为孕妇佩之则生男。南朝梁元帝《宜男草》诗："可爱宜男草，垂采映倡家。何时如此叶，结实复含花。"

【汇评】
明李攀龙：忆故人还为误佳期也。(《草堂诗余隽》眉批及评)
又：词调清新，诵之自脍炙人口，玩之又羁绊人情。(同上)
明沈际飞："海棠开了"下转出"啼鸟""妆点"，趣溢不窘，奇笔。(《草堂诗余正集》)
清黄苏：第一阕言春色明艳，动闺中春思耳；次阕言抑郁无聊，青春已老，羞望恩泽耳。托兴自娟秀。(《蓼园词选》)

生查子

眉黛远山长①，新柳开青眼②。楼阁断霞明③，罗幕春寒浅。　　　杯嫌玉漏迟，烛厌金刀剪。月色忽飞来，花影和帘卷。

【题解】

明毛晋刻本附注："时刻不载。"亦见于《草堂诗余续集》《词苑粹编》等多部明清选本。然宋刊张孝祥《于湖居士文集》卷三十四亦收此篇，《全宋词》以为张作。姑存疑。

【注释】

①远山：形容女子秀丽之眉。唐崔仲容《赠歌姬》诗："皓齿乍分寒玉细，黛眉轻蹙远山微。"

②青眼：柳眼，指初生的柳树嫩叶。宋李元膺《洞仙歌》词："雪云散尽，放晓晴庭院。杨柳于人便青眼。"

③断霞：片段的云霞。南朝梁简文帝《舞赋》："似断霞之照彩，若飞鸾之相及。"

【汇评】

明钱允治：杯行既迟，烛剪复频，夜景可掬。（《类编笺释续选草堂诗余》）

清陈廷焯：雅臻是词场本色。少游名作甚多，而伪词亦不少，去取不可不慎。（《词则》）

如梦令

莺嘴啄花红溜，燕尾点波绿皱。指冷玉笙寒，吹彻小梅春透①。依旧，依旧，人与绿杨俱瘦。

【题解】

明毛晋刻本、《草堂诗余》、杨慎批《草堂诗余》等本均以为秦观作，调下题作《春景》。陈耀文《花草粹编》以为黄庭坚作。《全宋词》附注则云："无名氏词,见《草堂诗余前集》卷上。"存疑。

【注释】

①小梅:《小梅花》的省称,唐大角曲名。《乐府诗集·横吹曲辞四·梅花落》宋郭茂倩题解:"'梅花落',本笛中曲也。按唐大角曲亦有'大单于''小单于''大梅花''小梅花'等曲,今其声犹有存者。"宋曾巩《早起赴行香》诗:"枕前听尽《小梅花》,起见中庭月未斜。"

【汇评】

明杨慎:意想妙甚,然春柳恐未必瘦。"指冷玉笙寒"二句,翻李后主"小楼吹彻玉笙寒"句。(批《草堂诗余》)(按:"后主"当为"中主"之误。)

明李攀龙:用字妍巧,寓意咏叹。(《草堂诗余隽》眉批及评)

又:闻笛怀人,似梦中得句来。(同上)

明徐渭:点景造微入妙。(评点邓汉章辑《淮海逸词》)

明沈际飞:琢句奇峭。结句春柳未必瘦,然易此不得。(《草堂诗余正集》)

明王世贞:美成"晕酥砌玉",鲁直"莺嘴啄花红溜,燕尾点波绿皱",俱为险丽。(《弇州山人词评》)

清沈雄:王世贞曰:谢勉仲"染云为幌",周美成"晕酥砌玉",秦少游"莺嘴啄花红溜",蒋竹山"灯摇缥晕茸窗冷",的是险丽矣,觉斧痕犹在,未若王通叟《踏青游》诸什,真犹石尉香尘、汉皇掌上也。(《古今词话》)

又:"莺嘴啄花红溜,燕尾点波绿皱",秦少游《如梦令》句,《吹剑录》曰:"咏物形似,而少生动,与'红杏枝头'费如许气力。"(同上)

海棠春

晓莺窗外啼声巧,睡未足,把人惊觉。翠被晓寒轻,宝篆沉烟袅。　　宿醒未解①,双娥报道,别院笙歌宴早。试问海棠花,昨夜开多少?

《类编草堂诗余》《花草粹编》等俱署秦观作,调下题作《春晓》。《全宋词·存目词》据《草堂诗余前集》卷上作无名氏词。存疑。
【注释】
①宿酲:宿醉。三国魏徐干《情诗》:"忧思连相属,中心如宿酲。"
【汇评】
明李攀龙:流莺唤睡,海棠独醒,情景恍在一盼中。(《草堂诗余隽》评)
明沈际飞:"睡未足,把人惊觉",再睡,不几负花耶。"试问海棠花,昨夜开多少",媚杀。(《草堂诗余正集》)
清陈廷焯:"睡未足"句,终嫌俚浅。(《词则》)

捣练子

心耿耿,泪双双,皎月清风冷透窗①。人去秋来宫漏永,夜深无语对银釭②。

【题解】
《类编草堂诗余》、杨慎批《草堂诗余》调下均题作《秋闺》,亦见于《草堂诗余》《花草粹编》等,均以为秦观作。然《全宋词·存目词》云:"无名氏词,见《草堂诗余前集》卷下。"迄无定论。
【注释】
①皎月清风:多本作"斜月斜风"。
②银釭:银白色的灯盏、烛台。南朝梁元帝《草名》诗:"金钱买含笑,银釭影梳头。"
【汇评】
明李攀龙:秋夜寂寂,秋闺隐隐,最堪怀人。又:泪随心生,凄其之景已见,至夜深无语,则幽思之情更切矣。(《草堂诗余隽》眉批及评)
明杨慎:紧独无语,谁与共语?(批《草堂诗余》)

明沈际飞:"斜月斜风",秋方不同。一句含无尽意,且从寻常中领取,手眼最高。(《草堂诗余正集》)

明陆云龙:("皎月清风"句)改"斜"字甚有意。(《词菁》)

明徐渭:春闺景物妍丽,秋闺思味凄凉。(评点邓汉章辑《淮海逸词》)

忆秦娥

暮云碧,佳人不见愁如织[①]。愁如织,两行征雁,数声羌笛。　　锦书难寄西飞翼[②],无言只是空相忆。空相忆,纱窗月淡,影双人只。

【题解】

《古今词统》《历代诗余》《词综》署秦观作。《花草粹编》作周紫芝。《词的》作贺铸。《全宋词》据杨金本《草堂诗余前集》以之为无名氏作。存疑。

【注释】

①"暮云"二句:南朝梁江淹《拟休上人怨别》诗:"日暮碧云合,佳人殊未来"。又旧题李白《菩萨蛮》:"平林漠漠烟如织,寒山一带伤心碧。"

②锦书:又称"锦字书"。本指前秦苏蕙寄给丈夫的织锦回文诗。《晋书·列女传·窦滔妻苏氏》:"窦滔妻苏氏,始平人也,名蕙,字若兰。善属文。滔,苻坚时为秦州刺史,被徙流沙,苏氏思之,织锦为回文旋图诗对赠滔。宛转循环以读之,词甚凄惋。"后以之指代书信。唐刘兼《征妇怨》诗:"曾寄锦书无限意,塞鸿何事不归来。"

【汇评】

明卓人月:结语简隽。(《古今词统》)

昭君怨·春日寓意

隔叶乳鸦声软,啼断日斜阴转[①]。杨柳小腰肢,画楼西。

役损风流心眼②，眉上新愁无限。极目送云行，此时情。

【题解】

本篇见于明毛晋刻《淮海词》，题下附注："旧刻赵长卿。"《历代诗余》作秦观词。《全宋词》据《惜香乐府》认为是赵长卿作。存疑。

【注释】

①日斜阴转：多本作"日斜影转"。

②役损：因劳神而损伤。宋柳永《两同心》词："忆当时，酒恋花迷，役损词客。"

南歌子

楼迥迷云日①，溪深涨晓沙。年来憔悴费铅华②，楼上一天春思浩无涯。　　罗带宽腰素，真珠溜脸霞③。海棠开尽柳飞花，薄幸只知游荡不思家。

【题解】

本篇见于《花草粹编》《历代诗余》，均署秦观作。《乐府雅词》未署作者，故《全宋词》以之为无名氏词。存疑。

【注释】

①迥：高。《梁书·徐勉传》："华楼迥榭，颇有临眺之美；孤峰丛薄，不无纠纷之兴。"

②铅华：旧时妇女化妆用的铅粉。《文选·曹植〈洛神赋〉》："芳泽无加，铅华弗御。"

③真珠：指美人之泪。唐温庭筠《菩萨蛮》词："玉纤弹处真珠落，流多暗湿铅华薄。"

南歌子

夕露霑芳草,斜阳带远村①。几声残角起谯门,撩乱栖鸦飞舞闹黄昏。　　　天共高城远,香余绣被温。客程常是可销魂,乍向心头横著个人人②。

【题解】

《花草粹编》作秦观词。《乐府雅词》未署作者。清丁绍仪《听秋声馆词话》作无名氏词。唐圭璋以为后人误作秦观词。存疑。

【注释】

①带远村:《听秋声馆词话》作"对远村"。

②"乍向"句:乍向:《花草粹编》《听秋声馆词话》作"怎向"。人人:用以称亲昵者。宋欧阳修《蝶恋花》词:"翠被双盘金缕凤。忆得前春,有个人人共。"

断句三则

曲游春

脸薄难藏泪。　　　哭得浑无气力。　　　　但掩面,满袖啼红。

【题解】

见于《吹剑三录》,其文谓:"又少游《曲游春》云:'脸薄难藏泪。'又云:'哭得浑无气力。'又云:'但掩面,满袖啼红。'一词乃至三言哭泣。"《苕溪渔隐丛话》云为赵令畤(德麟)所作:"德麟小词有'脸薄难藏泪,眉长易觉愁'之句,人多称之,乃全用《香奁集》'桃花脸薄难藏泪,柳叶眉长易觉愁'一联

119

诗,但去其上四字耳。"又宋张侃《张氏拙轩集》则称康与之(伯可)作:"康伯可《曲游春》词头句云:'脸薄难藏泪,恨柳风不与,吹断行色',惜别之意已尽。辛幼安《摸鱼儿》词头句云:'更能消几番风雨,匆匆春又归去',惜春之意亦尽……至'但掩袖,转面啼红,无言应得'与'闲愁最苦,休去倚危栏,斜阳正在,烟柳断肠处',其惜别惜春之意愈无穷。"三说均只存断句,难见全篇,故存疑。

失调名

我曾从事风流府。

【题解】

见宋赵令畤《侯鲭录》,文曰:"东坡在徐州,送郑彦能还都下,问其所游,因作词云:'十五年前,我是风流帅,花枝缺处留名字。'记坐中人语,尝题于壁。后秦少游薄游京师,见此词,遂和之,其中有'我曾从事风流府'。公闻而笑之。"亦见于《骈字类编》。原调已失,仅存独句,未详所出。

失调名·端午词

粽团桃柳,盈门共垒,把菖蒲,旋刻个人人。

【题解】

见宋陈元靓《岁时广记》,文曰:"端五刻蒲为小人子,或葫芦形,带之辟邪。王沂公端五帖子云:'明朝知是天中节,旋刻菖蒲要辟邪。'又秦少游端五词云:'粽团桃柳,盈门共垒,把菖蒲,旋刻个人人。'"原调已失,仅存独句,未详所出。

误署词

满庭芳

北苑研膏,方圭圆璧,万里名动京关。碎身粉骨,功合上凌烟。尊俎风流战胜,降春睡,开拓愁边。纤纤捧,香泉溅乳,金缕鹧鸪斑。　　相如方病酒,一觞一咏,宾有群贤。便扶起灯前,醉玉颓山。搜揽胸中万卷,还倾动,三峡词源。归来晚,文君未寝,相对小妆残。

【题解】

诸明清本多系于秦观,调下题作《咏茶》。然毛晋刻本附注云:"或刻黄山谷。"王敬之刻本亦附注云:"又见《山谷集》。"按:此词见于宋刊《山谷琴趣外编》,仅文字稍异。又宋吴曾《能改斋漫录》记有黄庭坚作此词经过,其文曰:"豫章先生少时曾为茶词,寄《满庭芳》云:'北苑龙团,江南鹰爪,万里名动京关。碾深罗细,琼蕊冷生烟。一种风流气味,如甘露,不染尘烦。纤纤捧,冰瓷弄影,金缕鹧鸪斑。相如方病酒,银瓶蟹眼,惊鹭涛翻。为扶起尊前,醉玉颓山。饮罢风生两袖,醒魂到,明月轮边。归来晚,文君未寝,相对小窗前。'其后增损其词,止咏建茶云:'北苑研膏,方圭圆璧,万里名动天关。……'词意益工也。"据此,本篇当为黄庭坚作。

醉蓬莱

见扬州独有,天下无双,号为琼树。占断天风,岁花开两次。九朵一苞,攒成环玉,心似珠玑缀。瓣瓣玲珑,枝枝洁净,世上无花类。　　冷露朝凝,香风远送,信是琼瑶贵。料得天宫有,此地久难留住。翰苑才人,贵家公子,都要看花去。莫吝金钱,好寻诗伴,日日花前醉。

本篇见于明杨端《扬州琼华集》。《全宋词》亦收此词,并案曰:"此首不知所本,疑非秦观作。"今观此词惟直笔描画,用语平白,殊无韵致,与秦观词风绝不相类,当为后人伪托之作。

满江红·姝丽

越艳风流,占天上,人间第一。须信道,绝尘标致,倾城颜色。翠绾垂螺双髻小,柳柔花媚娇无力。笑从来,到处只闻名,今相识。　　脸儿美,鞋儿窄,玉纤嫩,酥胸白。自觉愁肠搅乱,坐中狂客。金缕和杯曾有分,宝钗落枕知何日?谩从今,一点在心头,空成忆。

【题解】
本篇见于《草堂诗余续集》。《全宋词》列入秦观名下,然又案曰:"疑非秦观作。"观此词轻艳浮薄,浅俗寡味,纵少游早期词作亦无此种风调,故当为他人假托之作。

一斛珠·秋闺

碧云寥廓,倚阑怅望情离索。悲秋自觉罗衣薄。晓镜空悬,懒把青丝掠。　　江山满眼今非昨,纷纷木叶风中落。别巢燕子辞帘幕,有意东君,故把红丝缚。

　　本篇见于《草堂诗余续集》。《全宋词》列入秦观名下，案曰："此首不知所本，疑非秦观作。"今观此词语浅情亦浅，不类秦观风格，当以此说为是。

如梦令

　　门外绿阴千顷，两两黄鹂相应。睡起不胜情，行到碧梧金井。人静，人静，风弄一枝花影。

【题解】

　　明毛晋刻本调名《忆仙姿》，附注云："此二阕旧本逸。"另见《类编草堂诗余》、杨慎批《草堂诗余》、《草堂诗余正集》等部分明清选本，调下均题作《春景》，系于秦观名下。然曾慥《乐府雅词》、黄昇《唐宋诸贤绝妙词选》均列本篇为曹组（元宠）词。《全宋词》亦以之为曹作。因上述二书均为宋人所撰，故当以曹组说为是。

蝶恋花

　　钟送黄昏鸡报晓，昏晓相催，世事何时了？万苦千愁人自老，春来依旧生芳草。　　忙处人多闲处少，闲处光阴，几个人知道？独上小楼云杳杳，天涯一点青山小。

【题解】

　　本篇《花草粹编》《草堂诗余后集》等均题为秦观作。《唐宋诸贤绝妙词选》《古今词统》等则署为王诜（晋卿）作。《词苑粹编》引《西清诗话》云："王晋卿得罪外谪，后房善歌者名啭春莺，为密县马氏所得。晋卿还朝……凄然赋《蝶恋花》词云：'钟送黄昏鸡报晓……'"应以王诜作为是。

忆王孙

萋萋芳草忆王孙，柳外楼高空断魂，杜宇声声不忍闻。欲黄昏，雨打梨花深闭门。

【题解】

见《类编草堂诗余》。《唐宋诸贤绝妙词选》《花草粹编》等以为李重元作。按：《唐宋诸贤绝妙词选》同调下列李重元词四首，分题为"春词""夏词""秋词""冬词"，风格一致。故本篇当为李重元作。

柳梢青

岸草平沙，吴王故苑，柳裊烟斜。雨后寒轻，风前香软，春在梨花。　　行人一棹天涯，酒醒处，残阳乱鸦。门外秋千，墙头红粉，深院谁家？

【题解】

《草堂诗余正集》题作《春景》，《花草粹编》《历代诗余》《词律》等均署秦观。《唐宋诸贤绝妙词选》《词综》《词品》及《全宋词》则均以为僧仲殊作。《词品》云："《草堂》词《柳梢青》'岸草平沙'一首，僧仲殊作也。今刻本往往失其名，故特著之。宋人小词，僧徒惟二人最佳：觉范之作类山谷，仲殊之作似花间。祖可、如晦俱不及也。"观《唐宋诸贤绝妙词选》所录之仲殊其他词作，与本篇风格颇似，故当以仲殊所作为确。

怨王孙

　　帝里春晚，重门深院。草绿阶前，暮天雁断。楼上远信谁传？恨绵绵。　　多情自是多沾惹，难拚舍，又是寒食也。秋千巷陌人静，皎月初斜，浸梨花。

【题解】

　　本篇杨金本《草堂诗余前集》卷下作秦观词。又见李清照《漱玉词》。《类编草堂诗余》《花草粹编》《古今词统》《历代诗余》等本均作李清照词。应以后说为确。

生查子

　　去年元夜时，花市灯如昼。月在柳梢头，人约黄昏后。今年元夜时，月与灯依旧。不见去年人，泪满春衫袖。

【题解】

　　本篇《类选笺释草堂诗余》、杨金本《草堂诗余前集》作秦观词。亦见于欧阳修《近体乐府》。《词品》《古今词统》《词苑粹编》等以为朱淑真。《词的》则置于李清照名下。按：秦、李之说均不可信，欧、朱之说尚存争议。

西江月

　　愁黛颦成月浅，啼妆印得花残。只消鸳枕夜来闲，晓镜心情便懒。　　醉帽檐头风细，征衫袖口香寒。绿江春水寄书难,携手佳期又晚。

【题解】

《花草粹编》《草堂诗余续集》均题为秦观作。然又见于晏几道《小山词》,《历代诗余》等亦云晏几道作。应以后说为确。明崇祯本《古今词统》作晏殊,应为晏几道之误。

南乡子

万籁寂无声,衾铁棱棱近五更。香断灯昏吟未稳,凄清,只有霜华伴月明。 应是夜寒凝,恼得梅花睡不成。我念梅花花念我,关情,起看清冰满玉瓶。

【题解】

明李攀龙《草堂诗余隽》署秦观。《全宋词》据《中兴以来绝妙词选》以为黄昇作。《类编草堂诗余》《花草粹编》《词学笙蹄》《历代诗余》等多本亦均作黄昇,此说当为是。

如梦令

传与东坡尊舅,欲作栏干护佑。心性慢些儿,先著他人机构。虚谬,虚谬,这段姻缘生受。

【题解】

见于苏长公《章台柳传》,系小说家杜撰伪托。

宴桃源

去岁迷藏花柳,恰恰如今时候。心绪几曾欢? 赢得镜中消瘦。生受,生受,更被养娘催绣。

【题解】

本篇见于清王敬之本《淮海词·补遗》,案曰:"汲古阁《六十名家词·山谷词》末一调《宴桃源》,毛晋校云:'一刻《淮海集》,略异。'……兹并录之。"《花草粹编》、《词的》、《古今词统》等均作黄庭坚。故此词确应为黄庭坚作。

百尺楼

春透水波明,寒峭花枝瘦。极目烟中百尺楼,人在楼中否。 　　四和袅金凫,双陆思纤手。拟倩东风浣此情,情更浓于酒。

【题解】

《全宋词》谓见于《填词图谱》,并据《唐宋诸贤绝妙词选》认为秦湛所作。《群英草堂诗余》《类编草堂诗余》《花草粹编》《古今词统》《历代诗余》等亦均署秦湛,词调为《卜算子》,题作《春情》或《春恨》。《填词图谱》舛误极多,不足为据,此篇乃秦湛作无疑。秦湛为秦观之子,或因此而误署。

踏莎行

春色将阑,莺声渐老,红英落尽青梅小。画堂人静雨濛

濛,屏山半掩余香袅。　　密约沉沉,离情杳杳,菱花尘满慵
将照。倚楼无语欲销魂,长空黯淡连芳草。

【题解】

本篇仅《词学筌蹄》署秦观作。《唐宋诸贤绝妙词选》《乐府雅词》《花草
粹编》《词的》《历代诗余》等均认为寇准词,当从之。

生查子

远山眉黛长,细柳腰肢袅。妆罢立春风,一笑千金少。
归去凤城时,说与青楼道。遍看颍川花,不似师师好。

【题解】

清冯金伯《词苑萃编》、清徐轨《词苑丛谈》、清丁绍仪《听秋声馆词话》
均作秦观词。然本篇亦见于《小山词》,明杨慎《词林万选》也系之晏几道名
下。应为晏几道所作。明清刻本中,《生查子·眉黛远山长》多署秦观之
名,与本篇同调且首句甚似,故有此舛误。

断句二则

浣溪沙

缺月向人舒窈窕,三星当户照绸缪。

【题解】

此二句宋方勺《泊宅编》作秦观词:"秦观……尝眷蔡州一妓陶心者,作
《浣溪沙》词,中二句'缺月向人舒窈窕,三星当户照绸缪','缺月''三星'盖

心字,爱其善状物,故书之。"按:此二句见于《东坡乐府》,词曰:"风卷珠帘自上钩,萧萧乱叶报新秋,独携纤手上高楼。缺月向人舒窈窕,三星当户照绸缪,香生雾縠见纤柔。"秦观赠陶心儿词为《南歌子》,有"天外一钩残月带三星"句,方勺恐误记。当为苏轼所作。

蝶恋花

神仙须是闲人做。

【题解】

见《古今词话》:"秦少游'神仙须是闲人做',刘青田'添黄入柳,点红归杏,都是东风做'。"按:陆游《渭南文集》卷五十有《蝶恋花》词云:"禹庙兰亭今古路,一夜清霜,染尽湖边树。鹦鹉杯深君莫诉,他时相遇知何处。冉冉年华留不住,镜里朱颜,毕竟消磨去。一句丁宁君记取,神仙须是闲人做。"亦见于《古今词统》《历代诗余》。故此句实为陆游语。

少游诗余（五十七首）

【题解】

以下五十七篇均见于明汲古阁刊《词苑英华》之《少游诗余》,与《南湖诗余》合称为《秦张两先生诗余合璧》。张为张镃,字世文,号南湖居士,与秦观同为高邮人,填词亦多仿效少游风格。此五十七篇非秦观自作,皆系张镃仿作后假托,故并录于此,不复逐一注明。

玉楼春

参差帘影晨光动,露桃雨柳矜新宠。闲愁多仗酒驱除,春思不禁花从臾。　　倚楼听彻单于弄,却忆旧欢空有梦。当时误入饮牛津,何处重寻闻犬洞。

又

午窗睡起香销鸭,斜倚妆台开镜匣。云鬟整罢却回头,屏上依稀描楚峡。　　支颐痴想眉愁压,咬损纤纤银指甲。柔肠断尽少人知,闲看花帘双蝶狎。

又(集句)

狂风落尽深红色,春色恼人眠不得。泪沿红粉湿罗巾,怨入青尘愁锦瑟。　　岂知一夕秦楼客,烟树重重芳信隔。倚楼无语欲销魂,柳外飞来双羽玉。

南乡子

月色满湖村,枫叶芦花共断魂。好个霜天堪把盏,芳樽,一榻凝尘空掩门。　　此意与谁论?独倚阑干看雁群。篱下黄花开遍了,东君,一向天涯信不闻。

虞美人

陌头柳色春将半,枝上莺声唤。客游晓日绮罗稠,紫陌东风弦管咽朱楼。　　少年抚景渐虚过,终日看花坐。独愁不见玉人留,洞府空教燕子占风流。

踏莎行

冰解芳塘,雪消遥嶂,东风水墨生绡障。烧痕一夜遍天涯,多情莫向高城望。　　淡柳桥边,疏梅溪上,无人会得春来况。风光输与两鸳鸯,暖滩晴日眠相向。

又

昨日清明,今朝上巳,莺花著意催春事。东风不管倦游人,一齐吹过城南寺。　　沂水行歌,兰亭修禊,韶光曾见风流士。而今临水漫含情,暮云目断空迢递。

又

晓树啼莺,晴洲落雁,酒旗风飐村烟淡。山田过雨正宜耕,畦塍处处春泉漫。　　踏翠郊原,寻芳野涧,风流旧事嗟云散。楚山谁遣送愁来?夕阳回首青无限。

临江仙·看花

为爱西庄花满树,朝朝来叩柴门。墙头遥见簇红云,恍然迷处所,疑入武陵源。　　花外飞来寒食雨,一时留住游人。村醪随意两三巡,折花头上戴,记取一年春。

又

十里红楼依绿水,当年多少风流。高楼重上使人愁,远山将落日,依旧上帘钩。　　一曲琵琶思往事,青衫泪满江州。访邻休问杜家秋,寒烟沙外鸟,残雪渡傍舟。

又

客路光阴浑草草,等闲过了元宵。村鸡啼月下林梢。莺声惊宿鸟,霜气入重貂。　　漠漠风沙千里暗,举头一望魂消。问君何事不辞劳?平生经世意,只恐负清朝。

钗头凤

临丹壑，凭高阁，闲吹玉笛招黄鹤。空江暮，重回顾，一洲烟草，满川云树。住，住，住。　　江风作，波涛恶，汀兰寂寞岩花落。长亭路，尘如雾，青山虽好，朱颜难驻。去，去，去。

蝶恋花

紫燕双飞深院静，簟枕纱厨，睡起娇如病。一线碧烟萦藻井，小鬟茶进龙香饼。　　拂拭菱花看宝镜，玉指纤纤，撚唾撩云鬓。闲折海榴过翠径，雪猫戏扑风花影。

又

并倚香肩颜斗玉，鬓角参差，分映芭蕉绿。厌见兵戈争鼎足，寻芳共把遗编躅。　　闺阁风流谁可续？沈想清标，合贮黄金屋。江左百年传旧俗，后宫只解呈新曲。

又

新草池塘烟漠漠，一夜轻雷，拆破夭桃萼。骤雨隔帘时一作，余寒犹泥罗衫薄。　　斜日高楼明锦幕，楼上佳人，痴倚阑干角。心事不知缘底恶，对花珠泪双双落。

又

金凤花开红满砌，帘卷斜阳，雨后凉风细。最是人间佳景致，小楼可惜人孤倚。　　蛱蝶飞来花上戏，对对飞来，对对还飞去。到眼物情都触意，如何制得相思泪。

又

语燕飞来惊昼睡,起步花阑,更觉无情绪。绿草离离蝴蝶戏,南园正是相思地。　　池上晚来微雨霁,杨柳芙蓉,已作新凉味。目断云山君不至,香醪著意催人醉。

又

今岁元宵明月好,想见家山,车马应填道。路远梦魂飞不到,清光千里空相照。　　花满红楼珠箔绕,当日风流,更许谁同调?何事霜华催鬓老,把杯独对嫦娥笑。

又

舟泊浔阳城下住,杳霭昏鸦,点点云边树。九派江分从此去,烟波一望空无际。　　今夜月明风细细,枫叶芦花,的是凄凉地。不必琵琶能触意,一樽自湿青衫泪。

渔家傲

门外平湖新雨过,碧烟一抹鸥飞破。水木细将秋色做,云影堕,满溪芦荻西风大。　　沙觜渔舟来个个,霜鳞入脍炊香糯。歌罢沧浪谁与和?闲不那,茅檐独对青山坐。

又

七夕湖头闲眺望,风烟做出秋模样。不见云屏月帐(按:"云屏"下脱一字),天滉漾,龙轷暗渡银河浪。　　二十年前今日况,玄蟾乌鹊高楼上。回首西风犹未忘,追得丧,人间万事成惆怅。

又

遥忆故园春到了,朝来枝上闻啼鸟。春到故园人未到,空眈睐,年年落得梅花笑。　　　　且对芳樽舒一啸,不须更鼓高山调。看镜依楼俱草草,真潦倒,醉来唱个渔家傲。

又

江上凉飔情绪燠,片云消尽明团玉。水色山光相与绿,烟树簇,移舟旋傍渔灯宿。　　　　风外何人吹紫竹?梦中听是飞鸾曲。叶落枫林声籁籁,幽兴触,明朝相约骑黄鹄。

又

刚过淮流风景变,飞沙四面连天卷。霜拆冻髭如利剪,情莫遣,素衣一任缁尘染。　　　　回首家山云渐远,离肠暗逐车轮转。古木荒烟鸦点点,人不见,平原落日吟羌管。

行乡子

树绕村庄,水满坡塘,倚东风豪兴徜徉。小园几许,收尽春光,有桃花红,李花白,菜花黄。　　　　远远围墙,隐隐茅堂,飏青旗流水桥傍。偶然乘兴,步过东冈,正莺儿啼,燕儿舞,蝶儿忙。

江城子

清明天气醉游郎,莺儿狂,燕儿狂。翠盖红缨,道上往来忙。记得相逢垂柳下,雕玉珮,缕金裳。　　　　春光还是旧春光,桃花香,李花香。浅白深红,一一斗新妆。惆怅惜花人不见,歌一阕,泪千行。

何满子

天际江流东注,云中塞雁南翔。衰草寒烟无意思,向人只会凄凉。吟断炉香袅袅,望穷海月茫茫。　　莺梦春风锦幄,蛩声夜雨蓬窗。谙尽悲欢多少味,酒杯付与疏狂。无奈供愁秋色,时时递入愁肠。

灞桥雪

驴背吟诗清到骨,人间别是闲勋业。云台烟阁久消沉,千载人图灞桥雪。

灞桥雪,茫茫万径人踪灭。人踪灭,此时方见,乾坤空阔。　　骑驴老子真奇绝,肩山吟耸清寒冽。清寒冽,只缘不禁,梅花撩拨。

曲江花

帝城东畔富韶华,满路飘香灿彩霞。多少春风年少客,马蹄踏遍曲江花。

曲江花,宜春十里锦云遮。锦云遮,水边院落,山上人家。　　茸茸细草承香车,金鞍玉勒争年华。争年华,酒楼青斾,歌板红牙。

庾楼月

碧天如水纤云灭,可是高人清兴发。徒倚危栏有所思,江头一片庾楼月。

庾楼月,水天涵映秋澄澈。秋澄澈,凉风清露,瑶台银阙。　　桂花香满蟾蜍窟,胡床兴发霏谈雪。霏谈雪,谁家凤管,夜深吹彻。

楚台风

谁将彩笔弄雌雄,长日君王在渚宫。一段潇湘凉意思,至今都入楚台风。

楚台风,萧萧瑟瑟穿帘栊。穿帘栊,沧江浩渺,绮阁玲珑。　　飘飘彩笔摇长虹,泠泠仙籁鸣虚空。鸣虚空,一阑修竹,几壑疏松。

风入松·西山

崇峦雨过碧瑶光,花木递幽香。青冥杳霭无尘到,比龙宫分外清凉。霁景一楼苍翠,薰风满壑笙簧。　　不妨终日此徜徉,宇宙总俳场。石边试剑人何在?但荒烟蔓草迷茫。好醉杯中芳酒,少留树杪斜阳。

满江红·咏砧声

一派秋声,年年向,初寒时节。早又是,半天惊籁,满庭鸣叶。几处捣残深院日,谁家敲落高楼月?道声声,总是玉关情,情何切。　　斗云起,偏激烈。随风去,还幽咽。正归鸿帘幕,栖鸦城阙。闺阁幽人千里思,江湖旅客经年别。当此时,寂寞倚阑干,成愁结。

又

风雨萧萧,长涂上,春泥没足。谩回首,青山无数,笑人劳碌。山下纷纷梅落粉,渡头森森波摇绿。想小园,寂寞锁柴扉,繁花竹。　曳文履,锵鸣玉。绮楼叠,雕阑曲。又何如湖上,芒鞋草屋。万顷水云翻白鸟,一蓑烟雨耕黄犊。怅东风,相望渺天涯,空凝目。

碧芙蓉·九日

客里遇重阳,孤馆一杯,聊赏佳节。日暖天晴,喜秋光清绝。霜乍降,寒山凝紫,雾初消,澄潭皎洁。阑干闲倚,庭院无人,颠倒飘黄叶。　故园当此际,遥想弟兄罗列。携酒登高,把茱萸簪彻。叹笼鸟,羁踪难去,望征鸿,归心谩切。长吟抱膝,就中深意凭谁说。

满庭芳·赏梅

庭院余寒,帘栊清晓,东风初破丹苞。相逢未识,错认是夭桃。休道寒香较晚,芳丛里,便觉孤高。凭阑久,巡檐索笑,冷蕊向青袍。　扬州,春兴动,主人情重,招集吟豪。信冰姿潇洒,趣在风骚。脉脉此情谁会,和羹事,且付香醪。归来后,湖头月淡,伫立看烟涛。

念奴娇

千门明月,天如水,正是人间佳节。开尽小梅春气透,花烛家家罗列。来往绮罗,喧阗箫鼓,达旦何曾歇。少年当此,风光真是殊绝。　遥想二十年前,此时此夜,共绾同心结。

窗外冰轮依旧在,玉貌已成长别。旧著罗衣,不堪触目,洒泪都成血。细思往事,只添镜里华发。

又·赤壁舟中咏雪

中流鼓楫,浪花舞,正见江天飞雪。远水长空连一色,使我吟怀逸发。寒峭千峰,光摇万象,四野人踪灭。孤舟垂钓,渔蓑真个清绝。　　遥想溪上风流,悠然乘兴,独棹山阴月。争似楚江帆影净,一曲浩歌空阔。禁体词成,过眉酒热,把唾壶敲缺。冯夷惊道,坡翁无此赤壁。

又

画桥东过,朱门下,一水闲萦花草。独驾一舟千里去,心与长天共渺。乍暖扶春,轻寒弄晓,是处人踪少。黯然望极,酒旗茅屋斜袅。　　少年无限风流,有谁念我,此际情难表。遥想蓝桥何日到,暗把心期自祷。柳陌轻飔,沙汀残雪,一路风烟好。携壶自饮,闲听山畔啼鸟。

又

朝来佳气,郁葱葱,报道悬弧良节。绿水朱华秋色嫩,景比蓬莱更别。万缕银须,一枝铁杖,信是人中杰。此翁八十,怪来精彩殊绝。　　闻道久种阴功,杏林橘井,此辈都休说。一点心通南极老,锡与长生仙牒。乱舞斑衣,齐倾寿酒,满座笙歌咽。年年今日,华堂醉倒明月。

又·咏柳

纤腰袅袅,东风里,逞尽娉婷态度。应是青皇偏著意,尽把韶华付与。月榭花台,珠帘画槛,几处堆金缕。不胜风韵,陌头又过朝雨。　　闻说灞水桥边,年年春暮,满地飘香絮。掩映夕阳千万树,不道离情正苦。上苑风和,琐窗昼静,调弄娇莺语。伤春人瘦,倚阑半晌延伫。

又·过小孤山

长江滚滚,东流去,激浪飞珠溅雪。独见一峰青崒嵂,当住中流万折。应是天公,恐他澜倒,特向江心设。屹然今古,舟郎指点争说。　　岸边无数青山,萦回紫翠,掩映云千叠。都让洪涛恣汹涌,却把此峰孤绝。薄暮烟霏,高空日焕,谙历阴晴彻。行人过此,为君几度击楫。

又

满天风雪,向行人,做出征途模样。回首家山才咫尺,便有许多离况。少岁交游,当时风景,喜得重相傍。一樽谈旧,骊驹门外休唱。　　自笑二十年来,扁舟来往,惭愧湖头浪。献策彤庭身渐老,惟有丹心增壮。玉洞花光,金城柳眼,何用生凄怆。为君起舞,惊看豪气千丈。

又

夜凉湖上,酌芳樽,对此一轮皓月。岁月匆匆人老大,又近中秋时节。夜气沉瀮,湖光旷邈,风舞萧萧叶。水天一色,坐来肌骨清彻。　　自念尘满征衫,无人为浣,洒泪今成血。

玉兔银蟾休道远,不识愁人情切。绣帐香销,画屏烛冷,此意凭谁说? 天青海碧,枉教望断瑶阙。

解语花

窗涵月影,瓦冷霜华,深院重门悄。画楼雪杪,谁家笛,弄彻梅花新调。寒灯凝照,见锦帐,双鸾翔绕。当此时,倚几沈吟,好景都成恼。　　曾过云山烟岛,对绣襦甲帐,亲逢一笑。人间年少,多情子,惟恨相逢不早。如今见了,却又惹,许多愁抱。算此情,除是青禽,为我殷勤报。

玉烛新

泰阶开景运,见金锁绿沈,辕门春静。几年淮海,烟波境,贮此风流标韵。连天箫鼓,又催把,经纶管领。文武事,细柳长杨,从头属齐整。　　早闻横槊燕然,画图里争传,麒麟旧影。临歧笑问,谁得似,占了山林钟鼎? 古来难并,才信是,人间英俊。试看取,紫绶金章,朱颜绿鬓。

水龙吟

禁烟时候风和,越罗初试春衫薄。昼长深院,梦回孤枕,风吹铃索。绮陌花香,芳郊尘软,正堪游乐。倚阑干,瘦损无人问,重重绿树围朱阁。　　对镜时时泪落,总无心,淡妆浓抹。晨窗夜帐,几番误喜,灯花檐鹊。月下琼卮,花前金盏,与谁斟酌? 望王孙,甚日归来,除是车轮生角。

又

琐窗睡起门重闭,无奈杨花轻薄。水沈烟冷,琵琶尘掩,懒亲弦索。檀板歌莺,霓裳舞燕,当年娱乐。望天涯,万叠关山,烟草连天,远凭高阁。　　闲把菱花自照,笑春山,为谁涂抹。几时待得,信传青鸟,桥通乌鹊?梦后余情,愁边剩思,引杯孤酌。正黯然,对景销魂,墙外一声谯角。

石州慢·九日

深院萧条,满地苍苔,一丛荒菊。含霜冷蕊,全无佳思,向人摇绿。客边节序,草草付与清觞,孤吟只把羁怀触。便击碎歌壶,有谁知中曲?　　凝目,乡关何处,华发缁尘,年来劳碌。契阔山中松径,湖边茅屋。沈思此景,几度梦里追寻,青枫路远迷烟竹。待倩问麻姑,借秋风黄鹄。

喜迁莺

西风落叶,正祖席将收,离歌三叠。鹤喜仙还,珠愁主去,立马城头难别。三十六湖春水,二十四桥秋月。争羡道,这水如膏泽,月同莹洁。　　殊绝,郊陌上,桑柘阴阴,听得行人说。三木论囚,五花判事,个个待公方决。鸾凤清标重睹,驷马高门须设。挥袂处,望甘棠召伯,教人凄咽。

又

梅花春动,见佳气充庭,祥烟萦栋。华发方欢,斑衣正舞,飞下九霄丹凤。温诏辉煌宠渥,御墨淋漓恩重。平世里,把荣华占断,谁人堪共?　　听颂,天付与,五福随身,总是阴功种。帘幕笼云，楼台丽日，不数蓬莱仙洞。白雪歌翻瑶瑟，玄露酒倾银瓮。更愿取，早起来廊庙，为苍生用。

又

花香馥郁，正春色平中，海筹添屋。金马清才，玉麟旧守，帝遣暂临江国。冠盖光生南楚，川岳灵钟西蜀。堪羡是，有汪洋万顷，珠玑千斛。　　听祝，愿多寿，多福多男，溥作苍生福。碧柳绯桃，锦袍乌帽，辉映颜朱鬓绿。早见鹤楼风采，归掌鸾坡机轴。百岁里，庆团栾长似，冰轮满足。

风流子

新阳上帘幌，东风转，又是一年华。正驼褐寒侵，燕钗春袅，句翻词客，簪斗宫娃。堪娱处，林莺啼暖树，渚鸭睡晴沙。绣阁轻烟，剪灯时候，青旗残雪，卖酒人家。　　此时，因重省，瑶台畔，曾过翠盖香车。惆怅尘缘犹在，密约还赊。念鳞鸿不见，谁传芳信？潇湘人远，空采蘋花。无奈疏梅风景，淡草天涯。

沁园春

锦里繁华，峨眉佳丽，远客初来。忆那处园林，旧家桃李，知他别后，几度花开？月下金罍，花间玉珮，都化相思一寸灰。愁绝处，又香销宝鸭，灯晕兰煤。　　东风杜宇声哀，叹万里何由便得回？但日日登高，眼穿剑阁，时时怀古，泪洒琴台。尺素书沈，偷香人远，驿使何时为寄梅？对落日，因凝思此意，立遍苍苔。

又

　　暖日高城,东风旧侣,共约寻芳。正南浦春回,东冈寒退,粼粼鸭绿,袅袅鹅黄。柳下观鱼,沙头听鸟,坐久时生杜若香。绮陌上,见踏青挑菜,游女成行。　　人间今古堪伤,春草春花梦几场。忆淮海当年,英豪满座,词翻鲍谢,字压钟王。今日重来,昔人何在,把笔兰皋思欲狂。对丽景,且莫思往事,一醉斜阳。

摸鱼儿·重九

　　傍湖滨,几椽茅屋,依然又过重九。烟波望断无人见,惟有风吹疏柳。凝思久,向此际,寒云满目空搔首。何人送酒?但一曲溪流,数枝野菊,自把唾壶叩。　　休株守,尘世难逢笑口。青春过了难又。一年好景真须记,橘绿橙黄时候。君念否?最可惜,霜天闲却传杯手。鸥朋鹭友。聊摘取茱萸,殷勤插鬓,香雾满衫袖。

兰陵王

　　雨初歇,帘卷一钩淡月。望河汉,几点疏星,冉冉纤云度林樾。此景更清绝。谁念柔情蕴结?孤灯暗,独步华堂,蟋蟀莎阶弄时节。　　沈思恨难说。忆花底相逢,亲赠罗缬。春鸿秋雁轻离别。拟寻个锦鲤,寄将尺素,又恐烟波路隔越。歌残唾壶缺。　　凄咽,意空切。但醉损琼卮,望断琼阙。御沟曾解流红叶。待何日重见,霓裳听彻。彩楼天远,夜夜襟袖染啼血。

附　录

宋史·秦观传

　　秦观,字少游,一字太虚,扬州高邮人。少豪隽,慷慨溢于文词,举进士不中。强志盛气,好大而见奇,读兵家书与己意合。见苏轼于徐,为赋黄楼,轼以为有屈、宋才。又介其诗于王安石,安石亦谓清新似鲍、谢。轼勉以应举为亲养,始登第,调定海主簿、蔡州教授。元祐初,轼以贤良方正荐于朝,除太学博士,校正秘书省书籍。迁正字,而复为兼国史院编修官,上日有砚墨器币之赐。

　　绍圣初,坐党籍,出通判杭州。以御史刘拯论其增损实录,贬监处州酒税。使者承风望指,候伺过失,既而无所得,则以谒告写佛书为罪,削秩徙郴州,继编管横州,又徙雷州。徽宗立,复宣德郎,放还。至藤州,出游华光亭,为客道梦中长短句,索水欲饮,水至,笑视之而卒。先自作挽词,其语哀甚,读者悲伤之。年五十三,有文集四十卷。

　　观长于议论,文丽而思深。及死,轼闻之叹曰:"少游不幸死道路,哀哉! 世岂复有斯人乎!"(《宋史·列传第二百三 文苑六》)

秦观词年表

宋仁宗皇祐元年己丑(1049)　1 岁

秦观,字太虚,改字少游,别号邗沟居士,学者称淮海居士。先世居江南,中徙扬州,为高邮武宁乡左厢里人。祖父承议公,讳某。父元化公,讳某,师事胡安定先生瑗,有声太学。母戚氏。是岁,承议公赴官南康,道出九江,少游生。

至和元年甲午(1054)　6 岁

始入小学。父元化公游太学,归觐,言太学人物之盛,极称海陵王观高才力学,少游遂以其名名之。

嘉祐三年戊戌(1058)　10 岁

略通《孝经》《论语》《孟子》大义。

嘉祐八年癸卯(1063)　15 岁

父元化公卒。

宋英宗治平四年丁未(1067)　19 岁

娶潭州宁乡县主簿高邮徐成甫长女文美为妻。

宋神宗熙宁二年己酉(1069)　21 岁

作《浮山堰赋》。

熙宁三年庚戌(1070)　22 岁

叔父秦定登进士第,授会稽尉。

熙宁五年壬子(1072)　24 岁

孙觉(莘老)守吴兴,少游以亲戚入幕,代孙作《屯田郎中俞汝尚墓表》。作《郭子仪单骑见虏赋》及《吴兴道中》《陪李公择观金地佛牙》等诗。

《临江仙》(髻子偎人娇不整)或作于是年。

熙宁七年甲寅(1074)　26 岁

苏轼于杭州倅移知密州,道经扬州。少游预作坡笔语题壁于一山中寺。东坡果不能辨,大惊。及见孙莘老,出少游诗词数百篇,读之,乃叹曰:"向书壁者岂此郎邪?"

熙宁九年丙辰(1076)　28岁

孙觉回乡守孝。八月,秦观同孙觉、参寥访漳南老人于历阳惠济院,浴汤泉,游龙洞,谒项羽祠,得诗三十首,作《汤泉赋》。

熙宁十年丁巳(1077)　29岁

作《寄老庵赋》、《游汤泉记》及《奉和莘老》诗。

熙宁年间,少游或家居,或入幕,或游冶。其《浣溪沙》(香靥凝羞一笑开)、《品令》二首、《迎春乐》(菖蒲叶叶知多少)、《促拍满路花》(露颗添花色)、《桃源忆故人》(玉楼深锁薄情种)、望海潮(奴如飞絮)、《河传》(乱花飞絮)、《菩萨蛮》(虫声泣露惊秋枕)、《阮郎归》(宫腰袅袅翠鬟松)、《御街行》(银烛生花如红豆)、《江城子》(枣花金钏约柔荑)等均作于此间。

宋神宗元丰元年戊午(1078)　30岁

举进士未第,退居高邮,作《掩关铭》与《浣溪沙》(锦帐重重卷暮霞)。

四月,至徐州谒苏轼,投拜门下。作《南乡子》(妙手写徽真)。归后应苏轼约作《黄楼赋》,东坡谓为"有屈宋姿"。

《沁园春》(宿霭迷空)约作于此年或前一年。

元丰二年己未(1079)　31岁

三月,苏轼自徐州移知湖州,秦观与偕行,过无锡,游惠山,经松江,至吴兴,沿途以诗唱酬。

六月,赴会稽省祖父承议公,时叔父秦定为会稽尉。少游与州守程公辟相得甚欢,游鉴湖,访兰亭,谒禹庙,憩蓬莱阁,多登临唱酬之什。《望海潮》(秦峰苍翠)、《满庭芳·茶词》(雅燕飞觞)、《虞美人》(行行信马横塘畔)作于此时。

七月末,乌台诗案发,苏轼下诏狱。秦观急往湖州探讯,怅然而返。

八月中秋后一日,与参寥邂逅,月夜同游,相与忘形。作《满庭芳》(红蓼花繁)。复谒辩才大师于龙井潮音堂,作《龙井记》《龙井题名记》。

岁暮,离越返乡。行前思及所游所遇,赋《满庭芳》(山抹微云)。

元丰三年庚申(1080)　32 岁

鲜于侁(子骏)为扬州守,秦观为作《鲜于子骏使臣生日》诗、《扬州集序》,并赋《望海潮》(星分牛斗)。

苏辙贬高安,途经高邮,少游相从两日,游当地名胜,以诗唱酬。

苏轼谪黄州,少游作书问候。岁暮得东坡还书。

黄庭坚、李之仪先后过高邮。秦观称黄庭坚为"江南第一等人物"。

元丰四年辛酉(1081)　33 岁

叔父秦定赴京候任。秦观在高邮侍祖父承议公,与弟秦觌、秦觏习时文备科考。

秋,西行赴京以应试。

元丰五年壬戌(1082)　34 岁

应礼部试,罢归。作《画堂春》(落红铺径水平池)。

祖父承议公卒。

元丰六年癸亥(1083)　35 岁

吕公著知扬州,秦观上书求进。

曾巩卒,作《曾子固哀词》。

元丰七年甲子(1084)　36 岁

苏轼转任汝州团练副使。八月,二人会于金山。九月,苏轼作书荐少游于王安石,安石复书东坡,称誉少游诗文。

岁暮,自编诗文十卷,号《淮海闲居集》。

元丰八年乙丑(1085)　37 岁

登焦蹈榜进士第,作《谢及第启》。《鹊桥仙》(纤云弄巧)当作于此时。

除定海主簿,未就。授蔡州教授,奉母赴任。

慕马少游为人,改字少游。

是年三月,宋神宗崩,哲宗即位,高太后垂帘听政。十月,苏轼任礼部郎中。

元丰年间为秦观入仕之准备期,主要经历为乡居读书,友朋往来,干谒求进。有词作《雨中花》(指点虚无征路)、《一落索》(杨花终日空飞舞)、《醉桃源》(碧天如水月如眉)、《八六子》(倚危亭)、《满庭芳》(晓色云开)、《满园花》(一向沉吟久)、《木兰花慢》(过秦淮旷望)等。

宋哲宗元祐元年丙寅(1086)　38 岁

在蔡州学官任。

三月,苏轼迁中书舍人,九月除翰林学士、知制诰,秦观均作贺启。

元祐二年丁卯(1087)　39 岁

弟秦觌、秦觏寓居京师,作小室读书,黄庭坚为其取名"寄寂斋"。少游作诗以寄。

四月,复制科,苏轼与鲜于侁以"贤良方正"荐秦观于朝,被召至京师。时黄庭坚、张耒、晁补之俱在京城,遂有"苏门四学士"之说;又有陈师道、李廌,合称"苏门六君子"。

六月,鲜于侁卒,作《鲜于子骏行状》。

夏,患肠疾。

苏轼、程颐交恶,其党互相攻讦,蜀党、洛党之说不胫而走。

元祐三年戊辰(1088)　40 岁

因党争遭忌,引疾归蔡州,仍任学官。

苏轼、孙觉知贡举。弟秦觌落第。

元祐四年己巳(1089)　41 岁

苏轼以龙图阁学士出知杭州,苏辙代为翰林学士。苏轼七月到任所,秦观往从之。

孙觉以年迈多病归高邮,与秦观有诗作往还。

六月,范纯仁罢相,改知颍昌府,荐举秦观具著述之才,堪充馆职。

元祐五年庚午(1090)　42 岁

春,仍在蔡州学官任上。

二月,孙觉卒于高邮,秦观为之作挽词。

五月,因范纯仁荐,受召赴京。离蔡州时作《水龙吟》(小楼连远横空)。

至京师后,应制科,进策论。除太学博士,为秘书省校对黄本书籍。

子秦湛在都下应秋试未出。

元祐六年辛未(1091)　43 岁

在京师,供职秘书省。

弟秦觌登马涓榜进士第,授仁和县主簿。秦观作诗送之。

五月,苏轼奉召还京,任翰林承旨、知制诰兼侍读。

七月,秦观迁秘书省正字。八月,贾易诋其"不检",罢正字,依旧校对黄本书籍。

八月,苏轼以龙图阁学士出知颍州。

是年,作《南歌子》(霭霭迷春态)赠东坡侍妾朝云。

元祐七年壬申(1092)　44 岁

三月,与馆阁同僚共二十六人同游金明池、琼林苑。

六月,苏辙任门下侍郎。

九月,苏轼还朝,任兵部尚书、侍读学士;岁末,以端明殿学士、翰林侍读学士任礼部尚书。

元祐八年癸酉(1093)　45岁

六月,迁秘书省正字,授左宣德郎。八月,因吕大防荐举任国史院编修,修《神宗实录》。

九月,高太后崩,哲宗亲政。苏轼以端明殿学士、翰林侍读学士出知定州。

元祐年间,秦观虽亦曾因党争小受讦难,但整体上仍堪称宦途顺遂,春风得意。词作亦创获颇丰,《南歌子》(愁鬓香云坠)、《阮郎归》(褪花新绿渐团枝)、《一丛花》(年时今夜见师师)、《浣溪沙》(漠漠轻寒上小楼)、《河传》(恨眉醉眼)、《如梦令》(门外鸦啼杨柳)、《南歌子》(香墨弯弯画)、《画堂春》(东风吹柳日初长)、《蝶恋花》(晓日窥轩双燕语)、《木兰花》(秋容老尽芙蓉院)、《南歌子》(玉漏迢迢尽)、《虞美人》(碧桃天上栽和露)及《调笑令(十首)》等均作于此时。

宋哲宗绍圣元年甲戌(1094)　46岁

哲宗起用新党,执政吕大防、范纯仁、刘挚、范祖禹、苏辙先后被贬谪。苏轼自定州徙英州,再贬惠州安置。苏辙知汝州,徙袁州,再谪筠州。黄庭坚黔州安置,张耒徙宣州,晁补之谪监信州酒税。

秦观坐党籍,出为杭州通判。行前作《望海潮》(梅英疏淡)、《江城子》(西城杨柳弄春柔);既行,作《风流子》(东风吹碧草)、《虞美人》(高城望断尘如雾)。

赴杭途中,坐御史刘拯论增损《神宗实录》,道贬监处州酒税。

绍圣二年乙亥(1095)　47岁

在处州。

春,作《千秋岁》(水边沙外)、《梦扬州》(晚云收)。又:《好事近》(春路雨添花)亦约作于此时或次年春。

绍圣三年丙子(1096)　48岁

春,在处州。因作《题法海平阁黎》诗,被劾以谒告写佛书,削秩徙郴州。

十月,赴郴州途中泊舟湘江,作《临江仙》(千里潇湘按蓝浦)。至衡州,又赋《阮郎归》(潇湘门外水平铺)。

冬,于羁旅中作《如梦令》(遥夜沉沉如水)。

岁暮抵郴州。除夕夜,作《阮郎归》(湘天风雨破寒初)。

绍圣四年丁丑(1097)　49岁

二月庚辰,诏谓:"郴州编管秦观,移送横州编管。"奉诏未即行之时,作《踏莎行》(雾失楼台)、《鼓笛慢》(乱花丛里曾携手)、《如梦令》(楼外残阳红满)、《如梦令》(池上春归何处)。

秋,至横州。作《满庭芳》(碧水惊秋)。

是年,苏轼自惠州徙琼州。

绍圣年间,秦观迭遭贬谪,心境抑郁低沉,几近万念俱灰,词风亦由先前的清丽柔婉变而为凄婉哀怨,且愈演愈甚。其他作于此期的作品尚有《减字木兰花》(天涯旧恨)、《菩萨蛮》(金风簌簌惊黄叶)、《如梦令》(幽梦匆匆破后)、《浣溪沙》(霜缟同心翠黛连)等。

宋哲宗元符元年戊寅(1098)　50岁

春,在横州贬所。城西有海棠桥,桥南北多海棠,有祝姓书生居于其间。秦观尝造访并醉卧其家,次日作《醉乡春》(唤起一声人悄)。

赋《青门饮》(风起云间),怀念长沙某义妓。

九月庚戌,诏谓:"横州编管秦观特除名,永不收叙,移送雷州编管。"

元符二年己卯(1099)　51岁

在雷州贬所。时苏轼在琼州,时通音信,然无缘得见。

元符三年庚辰(1100)　　52 岁

正月,哲宗崩,徽宗即位,向太后临朝。

春,秦观自作挽词,言甚哀。

四月始,赦令陆续而下,元祐旧臣得内迁。苏轼量移廉州,秦观复宣德郎,放还衡州。

六月,苏轼、秦观会于雷州海康。少游出自作挽词示东坡,并赋《江城子》(南来飞燕北归鸿)。

七月,启行北上。

八月,至藤州,出游光华亭,为客道梦中长短句,索水欲饮,水至,笑视之而卒。实八月十二日。

宋徽宗建中靖国元年辛巳(1101)

子秦湛奉灵柩停殡于潭州(今湖南长沙)橘子洲。

是年七月,苏轼病逝于常州。

宋徽宗崇宁元年壬午(1102)

九月,诏立"元祐奸党碑",苏轼、秦观等人均在列。

崇宁二年癸未(1103)

四月,诏毁苏轼、黄庭坚、秦观等人文集。

崇宁三年甲申(1104)

六月,诏重定元祐党人等三百九人刻石朝堂。

崇宁四年乙酉(1105)

正月,诏除党人父兄子弟之禁。

子秦湛奉灵柩归葬扬州。

崇宁五年丙戌(1106)

正月,诏毁"元祐党人碑"。

宋徽宗政和六年丙申(1116)

子秦湛通判常州,迁葬少游于无锡惠山西三里之璨山,与徐元人合墓。

历代秦观词总评汇编

宋金元

陈师道：退之以文为诗，子瞻以诗为词，如教坊雷大使之舞，虽极天下之工，要非本色。今代词手，惟秦七、黄九尔，唐诸人不迨也。（《后山诗话》）

又：苏明允不能诗，欧阳永叔不能赋。曾子固短于韵语，黄鲁直短于散语。苏子瞻词如诗，秦少游诗如词。（同上）

晁说之：纯夫撰《宣仁太后发引曲》，命少游制其一，至史院出示同官。文潜曰："内翰所作，烈文昊天，有成命之诗也。少游直似柳三变。"少游色变。（《晁氏客语》）

王直方：东坡尝以所作小词示无咎、文潜曰："何如少游？"二人皆对云："少游诗似小词，先生小词似诗。"（《王直方诗话》）

惠洪：东坡初未识秦少游，少游知其将复过维扬，作坡笔语题壁于一山中寺。东坡果不能辨，大惊。及见孙莘老，出少游诗词数百篇，读之，乃叹曰："向书壁者，岂此郎邪？"（《冷斋夜话》）

李纲：少游诗字婉美萧散，如晋宋间人，自有一种风流，所乏者骨格尔。然要是一时才者。（《秦少游所书诗词跋尾》）

曾慥：少游在蔡州，与营妓娄婉字东玉者甚密，赠之词云："小楼连苑横空"，又云"玉佩丁东别后"者是也。又《赠陶心儿词》云："天外一钩横月带三星"，谓心字也。叶致远屡对荆公称秦少游诗。公尝有别纸，云："秦君之诗清新婉丽，鲍谢似之。"又云："公爱秦君数口之，今得其诗，手之而不释。然闻秦君尝学至言妙道，无乃笑

吾二人嗜好异乎?"盖少游尝为道士书符咒水,故公有是语。(《高斋诗话》)

苏籀:东阿豆其之敏,子敬蚕种之墨,渊明闲情之赋,三公度曲,与此何远?尝窃评之:黄太史纤秾精稳,体趣天出,简切流美,能中之能,投弃锜斧,有佩玉之雍容。秦校理落尽畦畛,天心月协,逸格超绝,妙中之妙,议者谓前无伦而后无继。晁南宫平处言近文缓,高处新规胜致,朱弦三叹,斐丽音旨,自成一种姿致。概考其才识,皆内重而外物轻,淳至旷达,学无所遗。水镜寓象,谢遣势利,湔被陈俚,发为新雅。有谓:寓言罕能名之,三公同相照,并驾而驰声,称彰灼于天下,斯文经纬乎?……三公之词,非专玩而独鉴者,实四海九州有识之士共焉。(《书三学士长短句新集后》)

胡仔:无己称:"今代词人,惟秦七黄九耳,唐诸人不迨也。"无咎称:"鲁直词不是当家语,自是着腔子唱好诗。"二公在当时,品题不同如此。自今观之,鲁直词亦有佳者,第无多首耳。少游词虽婉美,然格力失之弱。二公之言,殊过誉也。(《苕溪渔隐丛话》)

又:李易安云:"后晏叔原、贺方回、秦少游、黄鲁直出,始能知之。又晏苦无铺叙,贺苦少典重,秦即专主情致,而少故实,譬如贫家美女,虽极妍丽丰逸,而终乏富贵态。"(同上)

严有翼:程公辟守会稽,少游客焉,馆之蓬莱阁。一日席上有所悦,自尔眷眷不能忘情,因赋长短句,所谓"多少蓬莱旧事,空回首,烟霭纷纷"也。其词极为东坡所称道,取其首句,呼之为"山抹微云君"。中间有"寒鸦万点,流水绕孤村"之句,人皆以为少游自造此语,殊不知亦有所本。予在临安,见平江梅知录云:"隋炀帝诗云:'寒鸦千万点,流水绕孤村。'少游用此语也。"予又尝读李义山《效徐陵体赠更衣》云:"轻寒衣省夜,金斗熨沉香。"乃知少游词"玉笼金斗,时熨沉香",与夫"睡起熨沉香,玉腕不胜金斗",其语亦有来历处。乃知名人必无杜撰语。(《艺苑雌黄》)

159

又:柳之乐章,人多称之,然大概非羁旅穷愁之词,则闺门淫媟之语。若以欧阳永叔、晏叔原、苏子瞻、黄鲁直、张子野、秦少游辈较之,万万相辽。彼其所以传名者,直以言多近俗,俗子易悦故也。(同上)

王灼:张子野、秦少游俊逸精妙。少游屡困京洛,故疏荡之风不除。(《碧鸡漫志》)

杨万里:断肠浪说贺方回,未抵秦郎蒻水才。欲向湖边问遗唱,鸳鸯鹦鹉两相推。(《诚斋集·湖天暮景》)

又:郴山奇变水清泻,郴江幸绕郴山下。韩秦妙语久绝弦,谁煎凤觜续此篇?君章词客山水主,云锦聘君君好赴。为寻两公旧游处,得句寄侬侬不妒。休道郴阳和雁无,也曾避雪罗浮去。(《诚斋集·送子上弟赴郴州使君罗达甫寺正之招》)

陈善:东坡亦不得不收秦少游、黄鲁直辈。少游歌词当在坡上,少游不遇东坡,当绝自立,必不在人下也。然提奖大成就,坡力为多。(《扪虱新话》)

张辑:短髯怀古,更文游台上,秋生吟兴。闻说坡仙来把酒,月底频留清影。极目平芜,孤城四水,画角西风劲。曲阑犹在,十分心事谁领。词卷空落人间,黄楼何处,回首愁深省。斜照寒鸦知几度,梦想当年名胜。只有山川,曾窥翰墨,仿佛余风韵。旧游休问,柳花淮甸春冷。(《强村丛书》之《东泽绮语·淮甸春(寓念奴娇,丙申岁游高沙,访淮海事迹)》)

方岳:词自欧、晏为一节,长短句也,不丝不簧,自成音调,语意到处,律吕相忘。晏叔原诸人为一节,乐府也,风流蕴藉,如王、谢家子弟,情致宛转,动荡人心,而极其挚者秦淮海。山谷非无词,而诗掩词;淮海非无诗,而词掩诗。(《秋崖集·跋陈平仲词》)

魏庆之:少游小词奇丽,咏歌之,想见其神情在绛阙道山之间。(《诗人玉屑》)

160

林景熙：乐府，诗之变也。诗发乎情，止乎礼义，美化厚俗，胥此焉寄？岂一变为乐府，乃遽与诗异哉！宋秦、晁、周、柳辈，各据其垒，风流蕴藉，固一洗唐陋，而犹未也。荆公《金陵怀古》末语"《后庭》遗曲"，有诗人之讽。裕陵览东坡月词，至"琼楼玉宇，高处不胜寒"，谓苏轼"终是爱君"。由此观之，二公乐府，根情性而作者，初不异诗也。（《霁山集·胡汲古乐府序》）

张炎：中间如秦少游、高竹屋、姜白石、史邦卿、吴梦窗，此数家格调不侔，句法挺异，俱能特立清新之意，删削靡曼之词，自成一家，各名于世。（《词源》）

又：秦少游词，体制淡雅，气骨不衰，清丽中不断意脉，咀嚼无滓，久而知味。（同上）

王义山：后山云："子瞻词如诗，少游诗如词。"二先生，大手笔也，而犹病于一偏，兼之之难如此。（《稼村类藁·丁退斋诗词集序》）

顾瑛：古之乐章、乐府、乐歌、乐曲，皆出于雅正。粤自隋唐以来，声诗间为长短句，至唐人则有《尊前》、《花间》集，迄于崇宁，周美成诸家，讨论古音，审之古调，沦落之后，少得存者。……求其可歌可诵者不多，屈间惟秦少游、高竹屋、姜白石、史邦卿、吴梦窗数人，格调不凡，句法挺异。（《制曲十六观》）

明

郎瑛：旧云韩诗似文，杜文似诗。予谓韦应物律诗似古，刘长卿古诗似律；子瞻词如诗，少游诗如词。固一病也，然亦因性所便，习而使之然耳。（《七修类稿》）

杨慎：宋人如秦少游、辛稼轩，辞极工矣，而诗殊不强人意。疑若独蘂然者，岂非异曲分派之说乎？（《词品》）

张綖：陈后山云：今之词手，惟有秦七、黄九，谓淮海、山谷也。

然词尚丰润,山谷特瘦健,似非秦比。(《淮海长短句跋》)

又:词体大略有二:一体婉约,一体豪放。婉约者欲其词情蕴藉,豪放者欲其气象恢弘。盖亦存乎其人,如秦少游之作,多是婉约;苏子瞻之作,多是豪放。大抵词体以婉约为正,故东坡称少游为今之词手。(《诗余图谱》)

盛仪:陈后山云:"今之词手,惟秦七、黄九。"朝溪子则谓:"少游歌词,当在东坡上。"是非公歌词之定品乎?(《重刻淮海集序》)

何良俊:乐府以皎逗扬厉为工,诗余以婉丽流畅为美。即《草堂诗余》所载,如周清真、张子野、秦少游、晏叔原诸人之作,柔情曼声,摹写殆尽,正辞家所谓当行、所谓本色也。(《类编笺释草堂诗余序》)

徐渭:晚唐五代,填词最高,宋人不及。何也?词须浅近,晚唐诗文最浅,邻于词调,故臻上品。宋人开口便学杜诗,格高气粗,出语便自生硬。其间若淮海、耆卿、叔原辈,一二语入唐者有之,通篇则无有。(《南词叙录》)

沈际飞:情生文,文生情,何文非情?而以参差不齐之句,写郁勃难状之情,则尤至也。彼琼玉高寒,量移有地,花钿残醉,释褐自天。甚而桂子荷香流播,金人动念投鞭,一时治忽因之。甚而远方女子,读《淮海词》亦解脍炙,继之以死,非针石芥珀之投,曷由至是?(《草堂诗余正集序》)

王世贞:李氏、晏氏父子,耆卿,子野,美成,少游,易安,至矣,词之正宗也。温、韦艳而促,黄九精而刻,长公丽而壮,幼安辨而奇,又其次也,词之变体也。(《弇州山人词评》)

又:永叔、介甫俱文胜词,词胜诗,诗胜书。子瞻书胜词,词胜画,画胜文。然文等耳,余俱非子瞻敌也。鲁直书胜词,词胜诗,诗胜文。少游词胜书,书胜文,文胜诗。(《艺苑卮言》)

王象晋:诗余盛于赵宋,诸凡能文之士,靡不舐墨吮毫,争吐其胸中之奇，竞相雄长。及淮海一鸣，即苏黄且为逊席。盖诗有别才，从古志之。诗之一派，流为诗余，其情郅，其词婉，使人诵之，浸淫渐渍，而不自觉。总之，不离温厚和平之旨者近是。故曰诗之余也。此少游先生所独擅也。（《秦张两先生诗余合璧序》）

胡应麟：盖六朝、五代一也，障其澜而上，则诗盛而为唐；袭其流而下，则词盛而为宋。余因是知陈、李、少陵，厥功于艺苑甚伟；而欧阳、王、苏、黄、秦诸君子，弗能弗为三叹而致惜也。（《少室山房笔丛》）

又：少游极为眉山所重，而诗名殊不藉藉，当由词笔掩之。（《诗薮·外编》）

又：秦少游当时自以诗文重，今被乐府家推作渠帅，世遂寡称。（《诗薮·杂编》）

又：宋诸人诗掩于文者，宋景文、苏明允、曾子固、晁无咎；掩于词者，秦太虚、张子野、贺方回、康与之。（同上）

俞彦：唐诗三变愈下，宋词殊不然。欧、苏、秦、黄，足当高、岑、王、李。南渡以后，矫矫陡健，即不得称中宋、晚宋也。（《爰园词话》）

又：子瞻词无一语著人间烟火，此自大罗天上一种，不必与少游、易安辈较量体裁也。（同上）

朱绍昌：大苏当日盛推公，谪客新词有古风。潮落断桥霜月冷，烟迷秋草石棠空。醉残五百乾坤后，梦入三春花鸟中。南国风流今在否，一尊飘泊与吾同。（《舟泊海棠桥怀秦太虚》，见《横州志》）

清

高佑釲：予间至京师，偶与友人顾咸三共读其年之词。咸三谓：宋名家词最盛，体非一格，苏辛之雄放豪宕，秦柳之

妩媚风流，判然分途，各极其妙；而姜白石、张叔夏辈，以冲淡秀洁，得词之中正。《清名家词·湖海楼词序》

汪琬：李太白，诗人之正宗也，而工于词。欧阳永叔、苏子瞻，数百年以来所推文章大家也，而工于词。至于黄鲁直、秦少游、周美成之属，亦无不诗词兼擅者。古之名公巨卿，下迄骚人墨士，既以其远且大者，舒而见之于诗矣。顾又出其余力，组织纤艳之文，流连闺房之境，倚声而发之，用以侑杯酌，佐笙箫，号为诗余，未有能诗而不能出其余者也。(《尧峰文钞·姚氏长短句序》)

沈谦：彭金粟在广陵，见予小词及董文友《蓉渡集》，笑谓邹程村曰："泥犁中皆若人，故无俗物。夫韩偓、秦观、黄庭坚及杨慎辈，皆有郑声，既不足以害诸公之品，悠悠冥报，有则共之。"(《填词杂说》)

汪懋麟：予尝论宋词有三派：欧、晏正其始，秦、黄、周、柳、姜、史、李清照之徒备其盛，东坡、稼轩放乎其言之矣。其余子非无单词只句可喜可诵，苟求其继，难矣哉。(《清名家词·棠村词序》)

贺贻孙：余谓易安所讥介甫、子固、永叔三人甚当，但东坡词气豪迈，自是别调，差不如秦七、黄九之到家耳。东坡自言平日不喜唱曲，故不中音律，是亦一短。(《诗筏》)

朱彝尊："山抹微云秦学士"、"露华倒影柳屯田"、"晓风残月柳三变"、"滴粉搓酥左与言"，一句之工，形诸口号。当日风尚所存，甄藻自尔不爽。(《词综·发凡》)

邹祗谟：余常与文友论词，谓小调不学花间，则当学欧、晏、秦、黄。花间绮琢处，于诗为靡，而于词则如古锦纹理，自有黯然异色。欧、晏蕴藉，秦、黄生动，一唱三叹，总以不尽为

佳。(《远志斋词衷》)

又：李长文学士词，清姿朗调，原本秦、黄。为予言：少作极多，因在馆署日，薛行屋侍郎劝弗多作，以崇诗格，乃遂搁笔。……杨用修云：诗圣如子美，而集内填词无闻。少游、幼安，词极工矣，而诗殊不强人意。(同上)

又：序《衍波词》者，唐祖命云："极哀艳之深情，穷倩盼之逸趣，其旖旎而秾丽者，则景、煜、清照之遗也。其芊绵而俊爽者，则淮海屯田之匹也。"丁景吕云："朦胧萌折，明隽清圆，即令小山选句以争妍，淮海含毫而竞秀，谅无惭夫入室，或兴叹于积薪。"(《同上》)

彭孙遹：长词推秦、柳、周、康为协律，然康惟《满庭芳·冬景》一词可称禁脔，余多应酬铺叙，非芳旨也。周清真虽未高出，大致匀净，有柳欹花鬌之致，沁人肌骨，视淮海不徒娣姒而已。(《词藻》)

又：华亭宋尚木言："吾于宋词，得七八焉：曰永叔，其词秀逸；曰子瞻，其词放诞；曰少游，其词清华……"(同上)

又：词家每以秦七、黄九并称，其实黄不及秦甚远。犹高之视史，刘之视辛，虽齐名一时，而优劣自不可掩。(《金粟词话》)

王士禛：寒雨高邮夜泊船，南湖新涨水连天。风流不见秦淮海，寂寞人间五百年。(《渔阳山人精华录·高邮雨泊》)

又：国士无双秦少游，堂堂坡老醉黄州。高台几废文章在，果是江河万古流。(《渔洋山人精华录·秦邮杂诗六首（选一）》)

又：弇州谓苏、黄、稼轩为词之变体，是也。谓温、韦为词之变体，非也。夫温、韦视晏、李、秦、周，譬赋有《高唐》、《神

女》，而后有《长门》、《洛神》；诗有古诗录别，而后有建安、黄初、三唐也。（《花草蒙拾》）

又：宋南渡后，梅溪、白石、竹屋、梦窗诸子，极妍尽态，及有秦、李未到者。虽神韵天然处或减，要自令人有观止之叹。（同上）

又：凡为诗文，贵有节制，即词曲亦然。正调至秦少游、李易安为极致，若柳耆卿则靡矣。变调至东坡为极致，辛稼轩豪于东坡，而不免稍过。（《分甘余话》）

又：李白谓：五言为四言之靡，七言又其靡也，至于词曲，又靡之靡者。词如少游、易安，固是本色当行，而东坡、稼轩直以太史公笔力为词，可谓振奇矣。（《古夫于亭杂录》）

唐允甲：同盟王子赋上，文宗两汉，诗俪初盛。束其鸿博淹雅之才，作为花间隽语，极哀艳之深情，穷倩盼之逸趣。其旖旎而秾丽者，则景、煜、清照之遗也；其芊绵而俊爽者，则淮海、屯田之匹也。（《清名家词·衍波词序》）

丁宏诲：兹阮亭词一卷，朦胧萌折，明隽清圆，即令小山选句以争妍，淮海含毫而竞秀，谅无惭夫入室。（《清名家词·衍波词序》）

田同之：渔洋王司寇云："此诗之余，而乐府之变也。语其正，则南唐二主为之祖，至漱玉、淮海而极盛，高、史其嗣响也。语其变，则眉山道其源，至稼轩、放翁而尽变，陈、刘其余波也。有诗人之词，唐、蜀、五代诸人是也。文人之词、晏、欧、秦、李诸君子是也。有词人之词，柳永、周美成、康与之之属是也。有英雄之词，苏、陆、辛、刘是也。"（《西圃词说》）

刘体仁：柳七最尖颖，时有俳狎，故子瞻以是呵少游。（《七颂堂词绎》）

166

贺裳：少游能曼声以合律，写景极凄婉动人。然形容处，殊无刻肌入骨之言，去韦庄、欧阳炯诸家，尚隔一尘。黄九时出俚语，如"口不能言，心下快活"，可谓伧夫之甚。……黄又有"春未透，花枝瘦，正是愁时候"，新俏亦非秦所能作。（《皱水轩词筌》）

先著、程洪：词家正宗，则秦少游、周美成。然秦之去周，不止三舍。宋末诸家，皆从美成出。（《词洁》）

沈雄：蔡伯世曰："子野词胜乎情，耆卿情胜乎词。情词相称者，少游一人而已。"（《古今词话》）

又：黄玉林曰："李易安、魏夫人，使在衣冠之列，当与秦七、黄九争雄，不徒擅名于闺阁也。"（同上）

费锡璜：盖元气全则元音足，古诗惟《十九首》音调最圆，子建、嗣宗犹近之，宋、齐则远矣。律诗惟沈、宋音调最圆，钱、刘犹近之，中唐则远矣。词家秦、柳最圆，南宋则远矣。（《汉诗总说》）

杜诏：缘情绮靡，诗体尚然，何况乎词。彼学姜、史者，辄屏弃秦、柳诸家，一扫绮靡之习，品则超矣，或者不足于情。（《清名家词·弹指词序》）

郑燮：词与诗不同，以婉约为正格，以豪宕为变格。燮窃以剧场论之：东坡为大净，稼轩外脚，永叔、邦卿正旦，秦淮海、柳七则小旦也，周美成为正生，南唐后主为小生，世人爱小生定过于爱正生矣。蒋竹山、刘改之是绝妙副末，草窗贴旦，白石贴生。不知公谓然否？（《郑坂桥集·补遗·与江宾谷、江禹九书》）

纪昀：观诗格不及苏、黄，而词则情韵兼胜，在苏、黄之上。流传虽少，要为倚声家一作手。宋叶梦得《避暑录话》

曰："秦少游亦善为乐府，语工而入律，知乐者谓之作家歌。"蔡绦《铁围山丛谈》亦记载观婿范温常预贵人家会，贵人有侍儿喜歌秦少游长短句，坐间略不顾温，酒酣欢洽，始问此郎何人，温遽起叉手对曰："某乃山抹微云女婿也。"闻者绝倒云云。梦得，蔡京客；绦，蔡京子。而所言如是，则观词为当时所重可知矣。(《四库全书总目·集部词曲类·淮海词》)

又：宋李之仪撰……之仪以尺牍擅名，而其词亦工，小令尤清婉峭蒨，殆不减秦观。(《四库全书总目·集部词曲类·姑溪词》)

又：宋张元干撰……然其他作，则多清丽婉转，与秦观、周邦彦可以肩随。(四库全书总目·集部词曲类·卢川词)

又：宋高观国撰……高邮陈造与史达祖二家为之序。此本为毛晋所刊，末有晋跋，仅录造序中所称竹屋、梅溪语"皆不经人道，其妙处少游、美成不及"数语，而不载全文。(《四库全书总目·集部词曲类·竹屋痴语》)

又：胡仔《渔隐丛话》述师道自矜语，谓于词不减秦七、黄九。今观其《渔家傲》词有云"拟作新词酬帝力，轻落笔，黄秦去后无强敌"云云，自负良为不浅。然师道诗冥心孤诣，自是北宋巨擘，至强回笔端，倚声度曲，则非所擅长。……其《诗话》谓曾子开、秦少游诗如词，而不自知词如诗。盖人各有能有不能，固不必事事第一也。(《四库全书总目·集部词曲类存目·后山词》)

王昶：徐瑶，字天璧，荆溪人。……狄立人云："天璧才擅众长，词不一格，或瑰玮如梦窗，或清劲如白石，或绮丽婉约如美成、少游。"(《国朝词综》)

李调元：北宋自东坡"大江东去"，秦七、黄九踵起，周美成、晏叔原、柳屯田、贺方回继之，转相矜尚，曲调愈多，派衍愈别。……余之为词话也，表妍者少，而摘媸者多，如推秦七，抑黄九之类，其彰彰也。盖妍不表则无以著其长，媸不摘则适以形其短，非敢以非前人也，正所以是前人。（《雨村词话》）

又：秦少游《淮海集》，首首珠玑，为宋一代词人之冠。今刊本多以山谷作杂之。黄九之不逮秦七，古人已有定评，岂容溷入。（同上）

又：当时黄、秦并称，大有老子、韩非同传之叹。（同上）

张惠言：宋之词家，号为极盛，然张先、苏轼、秦观、周邦彦、辛弃疾、姜夔、王沂孙、张炎，渊渊乎文有其质焉。其荡而不反，傲而不理，枝而不物，柳永、黄庭坚、刘过、吴文英之伦，亦各引一端，以取重于当世。而前数子者，又不免有一时放浪通脱之言出于其间。（《词选序》）

焦循：《三百篇》如"其虚其邪"、"狂童之狂也且"，古人自操土音。北宋如秦、柳，尚有此种。南宋姜白石、张玉田一派，此调不复有矣。（《雕菰楼词话》）

郭麐：词之为体，大略有四：风流华美，浑然天成，如美人临妆，却扇一顾，花间诸人是也，晏元献、欧阳永叔诸人继之。施朱傅粉，学步习容，如宫女题红，含情幽艳，秦、周、贺、晁诸人是也，柳七则靡曼近俗矣。姜、张诸子，一洗华靡，独标清绮，如瘦石孤花，清笙幽磬……至东坡以横绝一代之才，凌厉一世之气，间作倚声，意若不屑，雄词高唱，别为一宗。（《灵芬馆词话》）

张其锦：词者，诗之余也，昉于唐，沿于五代，具于北宋，盛于南宋，衰于元，亡于明。以诗譬之，慢词如七言，小令如五言。慢词，北宋为初唐，秦、柳、苏、黄如沈、宋，体格虽具，风骨未遒。片玉则如拾遗，骎骎有盛唐之风矣。（《清名家词·梅边吹笛谱跋》）

周济：晋卿曰："少游正以平易近人，故用力者终不能到。"（《介存斋论词杂著》）

又：良卿曰："少游词如花含苞，故不甚见其力量。其实后来作手，无不胚胎于此。"（同上）

又：清真浑厚，正于钩勒处见。……少游最和婉醇正，稍逊清真者，辣耳。少游意在含蓄，如花初胎，故少重笔。然清真沈痛至极，仍能含蓄。（《宋四家词选目录序论》）

冯金伯：词以少游、易安为宗，固也。然竹屋、梅溪、白石诸公，极妍尽致处，反有秦、李所未到者。譬如绝句，至刘宾客、杜京兆，时出青莲、龙标一头地。（《词苑粹编》）

又：《啸谷词》其源出于东坡，而温雅绵丽，含蓄不露，则基本于小山、淮海之间。（同上）

又：词之佳者，正以本色渐近自然，不在缕金错彩为工也。读电发诸作，故得此意。至"一片残阳在客衣"，直是神到语，虽秦七复生，亦当绝倒。（同上）

蔡宗茂：词盛于宋代，自姜、张以格胜，苏、辛以气胜，秦、柳以情胜，而其派乃分。……凡姜、张清隽，苏、辛豪宕，秦、柳妍丽，固已提袂而合唱，无俟改弦而更张已。（《清名家词·拜石山房词序》）

江顺诒：陶篁村《自序》云："倚声之作，莫盛于宋，亦莫衰于宋。尝惜秦、黄、周、柳之才，徒以绮语柔情，竞夸艳冶。从而效之者加厉焉。遂使郑卫之音，泛滥于六七百年，而雅奏几乎绝矣。"诒案：词之坏，坏于秦、黄、周、柳之淫靡，非有巨

识,孰敢议宋人耶?(《词学集成》)

又:蔡小石(宗茂)《拜石词序》云:"词盛于宋,自姜、张以格胜,苏、辛以气胜,秦、柳以情胜,而其派乃分。然幽深窅眇,语巧则纤,跌宕纵横,语粗则浅,异曲同工,要在各造其极。"诒案:此以苏、辛、秦、柳与姜、张并论,究之格胜者,气与情不能逮。(同上)

又:华亭宋尚木(徵璧)曰:"吾于宋词得七人焉:曰永叔,其词秀逸;曰子瞻,其词放诞;曰少游,其词清华……"诒案:举宋人词不下数十家,可谓崇论闳议矣。而不及碧山、竹屋、玉田、草窗,何也? 其评语亦不甚允当。(同上)

又:郭频伽云:"词家者流,源出于国风,其本滥于齐梁。自太白以至五季,非儿女之情不道也。宋之乐用于庆赏饮宴,于是周、秦以绮靡为宗,史、柳以华缛相尚,而体一变。"诒案:有韵之文,以词为极。作词者着一毫粗率不得,读词者着一毫浮躁不得。(同上)

又:包慎伯大令(世臣)《月底修箫谱序》云:"意内而言外,词之为教也。然意内不可强致,言外非学不成。……若夫成人之速者,莫如声,故词名倚声。声之得者,又有三,曰清、曰脆、曰涩。不脆则声不成,脆矣而不清,则腻,清矣而不涩,则浮。屯田、梦窗以不清伤气,淮海、玉田以不涩伤格,清真、白石则能兼之矣。六家于言外之旨得矣,以云意内,惟白石、玉田耳。淮海时时近之。"(同上)

刘熙载:少游词有小晏之妍,其幽趣则过之。梅圣俞《苏幕遮》云:"落尽梅花春又了,满地斜阳,翠色和烟老。"此一种似为少游开先。(《艺概》)

又:秦少游词得《花间》、《尊前》遗韵,却能自出清新。东坡词雄姿逸气，高轶古人，且称少游为词手。山谷倾倒于少游《千秋岁》词"落红万点愁如海"之句，至不敢和。要其他词之妙，似此者岂少哉。（同上）

又：叔原贵异，方回赡逸，耆卿细贴，少游清远。四家词趣各别，惟尚婉则同耳。（同上）

又：陆放翁词安雅清赡，其尤佳者在苏、秦间。然乏超然之致，天然之韵，是以人得测其所至。（同上）

又：南宋词近耆卿者多，近少游者少，少游疏而耆卿密也。（同上）

谭献：放翁秋纤得中，精粹不少，南宋善学少游者惟陆。（《复堂词话》）

冯煦：宋至文忠，文始复古，天下翕然师尊之，风尚为之一变。即以词言，亦疏隽开子瞻，深婉开少游。（《蒿庵论词》）

又：后山以秦七、黄九并称，其实黄非秦匹也。若以比柳，差为得之。（同上）

又：少游以绝尘之才，早与胜流，不可一世，而一谪南荒，遂丧灵宝。故所为词，寄慨身世，闲雅有情思，酒边花下，一往而深，而怨悱不乱，悄乎得《小雅》之遗。后主而后，一人而已。昔张天如论相如之赋云："他人之赋，赋才也；长卿，赋心也。"予于少游之词亦云：他人之词，词才也；少游，词心也。得之于内，不可以传。虽子瞻之明隽，耆卿之幽秀，犹若有瞠乎后者，况其下邪？（同上）

又：淮海、小山，真古之伤心人也。其淡语皆有味，浅语皆有致，求之两宋词人，实罕其匹。（同上）

胡薇元：《淮海词》一卷，宋秦观少游作，词家正音也。故北宋惟少游乐府语工而入律，词中作家，允在苏、黄之上。

（《岁寒居词话》）

张德瀛：释皎然《诗式》谓诗有六至：至险而不僻，至奇而不差，至丽而自然，至苦而无迹，至近而意远，至放而不迂。以词衡之，至险而不僻者，美成也。……至丽而自然者，少游也。（《词徵》）

又：同叔之词温润，东坡之词轩骁，美成之词精邃，少游之词幽艳，无咎之词雄邈。北宋惟五子可称大家。（同上）

蒋兆兰：词家正轨，自以婉约为宗。欧、晏、张、贺，时多小令，慢词寥寥，传作较少。逮乎秦、柳，始极慢词之能事。其后清真崛起，功力既深，才调尤高……可谓极词中之圣。（《词说》）

沈祥龙：词有婉约，有豪放，二者不可偏废，在施之各当耳。房中之奏，出以豪放，则情致绝少缠绵。塞下之曲，行以婉约，则气象何能恢拓？苏、辛与秦、柳，贵集其长也。（《论词随笔》）

又：诗重发端，惟词亦然，长调尤重。有单起之调，贵突兀笼罩，如东坡"大江东去"是。有对起之调，贵从容整炼，如少游"山抹微云，天粘衰草"是。（同上）

又：词之言情，贵得其真。劳人思妇，孝子忠臣，各有其情。古无无情之词，亦无假托其情之词。柳、秦之妍婉，苏辛之豪放，皆自言其情者也。必专言懊侬、子夜之情，情之为用，亦隘矣哉！（同上）

又：词之蕴藉，宜学少游、美成，然不可入于淫靡。绵婉宜学耆卿、易安，然不可失于纤巧。雄爽宜学东坡、稼轩，然不可近于粗厉。……此当就气韵趣味上辨之。（同上）

沈曾植：白石老人，此派极则，诗与词几合同而化矣。吴梦窗、史邦卿影响江湖，别成绚丽，特宜于酒楼歌馆，钉坐持杯。追拟周、秦，以缵东都盛事，于声律为当行，于格韵则卑靡。（《海日楼札丛》）

又：《词筌》："长调推秦、柳、周、康为协律。"先生批云："以宋世风尚言之，秦、柳为当行，周、康为飔律，四家并提，宋人无此语也。"（手批《词话》三种）

又：彭孙遹《金粟词话》："词家每以秦七、黄九并称。"先生批云："当时并未齐名。明世诸公，无聊比附耳。"（同上）

陈廷焯：昔人谓东坡词胜于情，耆卿情胜于词，秦少游兼而有之。然较之方回、美成，恐亦瞠乎其后。（《词坛丛话》）

又：秦写山川之景，柳写羁旅之情，俱臻绝顶，有不可以语言形容者。（同上）

又：后人之感，感于文不若感于诗，感于诗不若感于词。诗有韵，文无韵，词可按节寻声，诗不能尽被弦管。飞卿、端己，首发其端，周、秦、姜、史、张、王，曲竟其绪，而要皆发源于风、雅，推本于骚、辩，故其情长，其味永，其为言也哀以思，其感人也深以婉。（《白雨斋词话》）

又：唐五代词，不可及处正在沉郁。宋词不尽沉郁，然如子野、少游、美成、白石、碧山、梅溪诸家，未有不沉郁者。（同上）

又：东坡、少游，皆是情余于词，耆卿乃辞余于情，解人自辨之。（同上）

又：秦七、黄九并重当时，然黄之视秦，奚啻碔砆之与美玉？词贵缠绵，贵忠爱，贵沈郁，黄之鄙俚者，无论矣。（同上）

又：黄九于词，直是门外汉，匪独不及秦、苏，亦去耆卿远甚。（同上）

又：秦少游自是作手，近开美成，导其先路；远祖温、韦，取其神不袭其貌，词至是乃一变焉。然变而不失其正，遂令议者不病其变，而转觉有不得不变者。后人动称秦、柳，柳之视秦，为之奴隶而不足者，何可相提并论哉！（同上）

又：少游《满庭芳》诸阕，大半被放后作。恋恋故国，不胜热中，其用心不逮东坡之忠厚，而寄情之远，措语之工，则各有千古。（同上）

又：少游名作甚多，而俚词亦不少，去取不可不慎。（同上）

又：张綖云："少游多婉约，子瞻多豪放，当以婉约为主。"此亦似是而非、不关痛痒语也。诚能本诸忠厚，而出以沈郁，豪放亦可，婉约亦可，否则豪放嫌其粗鲁，婉约又病其纤弱矣。（同上）

又：少游、美成，词坛领袖也。所可议者，好作艳语，不免于俚耳。故大雅一席，终让碧山。（同上）

又：词法莫密于清真，词理莫深于少游，词笔莫超于白石，词品莫高于碧山，皆圣于词者。而少游时有俚语，清真、白石间亦不免，至碧山乃一归雅正。（同上）

又：南宋白石、梅溪、梦窗、碧山、玉田辈，固是高绝，北宋如东坡、少游、方回、美成诸公，亦岂易及耶？况周、秦两家，实为南宋导其先路，数典忘祖，其谓之何？（同上）

又：竹垞词，疏中有密，独出冠时，微少沈厚之意。其《自题词集》云："不师秦七，不师黄九，倚新声玉田差近。"夫秦七、黄九，岂可并称？师玉田不师秦七，所以不能深厚。不知秦七，亦何能知玉田？彼所知者，玉田之表耳。（同上）

又：大抵北宋之词，周、秦两家，皆极顿挫沉郁之妙。而

少游托兴尤深，美成规模较大，此周、秦之异同也。（同上）

又：周、秦词以理法胜，姜、张词以骨韵胜，碧山词以意境胜。要皆负绝世才，而又以沈郁出之，所以卓绝千古也。（同上）

又：乔笙巢云："少游词，寄慨身世，闲雅有情思，酒边花下，一往而深，而怨悱不乱，悄乎得《小雅》之遗。"又云："他人之词，词才也，少游，词心也。得之于内，不可以传，虽子瞻之明隽，耆卿之幽秀，犹若有瞠乎后者，况其下耶?"此与庄中白之言颇相合，淮海何幸，有此知己。（同上）

又：熟读温、韦词，则意境自厚；熟读周、秦词，则韵味自深；熟读苏、辛词，则才气自旺；熟读姜、张词，则格调自高。（同上）

又：东坡、稼轩、白石、玉田，高者易见，少游、美成、梅溪、碧山，高者难见，而少游、美成尤难见。美成意余言外，而痕迹消融，人苦不能领略。少游则义蕴言中，韵流弦外，得其貌者，如鼹鼠之饮河，以为果腹矣，而不知沧海之外更有河源也。乔笙巢谓："他人之词，词才也，少游，词心也。"可谓卓识。（同上）

又：声名之显晦，身分之高低，家数之大小，只问其精与不精，不系乎著作之多寡也。……词中如飞卿、端己、正中、子野、东坡、少游、白石、梅溪诸家，脍炙人口之词，多不过二三十阕，少则十余阕或数阕，自足雄峙千古，无与为敌。（同上）

又：词有表里俱佳，文质适中者，温飞卿、秦少游、周美成、黄公度、姜白石、史梅溪、吴梦窗、陈西麓、王碧山、张玉田、庄中白是也，词中之上乘也。（同上）

176

陈衍：余叙胡式清词云："夫争清空与质实者，防其偏于涩也；争婉约与豪放者，防其流于滑也。二者交病，与其滑也，宁涩矣，谓涩犹尔于雅也。今试取晏元献、秦淮海、周清真诸家词读之，非当行本色，清空而婉约者乎？"（《石遗室诗话》）

况周颐：刘梦得《忆江南》云："春去也，多谢洛城人。弱柳从风疑举袂，丛兰裛露似沾巾。独坐亦含颦。"流丽之笔，下开北宋子野、少游一派。唯其出自唐音，故能流而不靡。（《蕙风词话》）

又：有宋熙丰间，词学称极盛。苏长公提倡风雅，为一代山斗。黄山谷、秦少游、晁无咎皆长公之客也。山谷、无咎皆工倚声，体格于长公为近。唯少游自辟蹊径，卓然名家。盖其天分高，故能抽秘骋妍于寻常濡染之外，而其所以契合长公者独深。张文潜《赠李德载》诗有云："秦文倩丽舒桃李。"彼所谓文，固指一切文字而言。若以其词论，直是初日芙蓉，晓风杨柳，倩丽之桃李容犹当之有愧色焉。王晦叔《碧鸡漫志》云：黄、晁二家词，皆学坡公，得其七八。而于少游独称其俊逸精妙，与张子野并论，不言其学坡公，可谓知少游者矣。（同上）

谢章铤：词体如美人含娇掩媚，秋波微转，正视之一态，旁观之又一态，近窥之一态，远窥之又一态。数语颇俊，然此亦谓温、李、晏、秦耳，若苏、辛、刘、蒋，则如素娥之视宓妃，尚嫌临波作态。（《赌棋山庄词话》）

又：晏、秦之妙丽，源于李太白、温飞卿；姜、史之清真，源于张志和、白香山。（同上）

又：北宋多工短调，南宋多工长调；北宋多工软语，南宋

多工硬语。然二者偏至，终非全才。欧阳、晏、秦，北宋之正宗也。（同上）

夏敬观：少游词清丽婉约，辞情相称，诵之回肠荡气，自是词中上品。比之山谷，诗不及远甚，词则过之。盖山谷是东坡一派，少游则纯乎词人之词也。东坡尝讥少游"不意别后，公却学柳七"，少游学柳，岂用讳言？稍加以坡，便成为少游之词。学者细玩，当不易吾言也。（手校《淮海词》后附）

蔡嵩云：词尚自然固矣，但亦不可一概而论。无论何种文艺，其在初期，莫不出乎自然，本无所谓法。渐进则法立，更进则法密。……宋初小令，如欧、秦、二晏之流，所作以精到胜，与唐五代稍异，盖人工甚于自然矣。（《柯亭词论》）

又：少游词，虽间有《花间》遗韵，其小令深婉处，实出自六一，仍是阳春一派。慢词清新淡雅，风骨高骞，更非《花间》所能范围矣。（同上）

沈焜：山抹微云妙词旨，苏门乃有秦学士。迄今九百有余春，文采风流犹未已。……文人落拓例屯蹇，造物忌才类如此。不然生当元祐年，更况坡翁是知己。海内争传秦七名，一时才藻无伦比。如何垂老坐迁贬，郁郁古藤阴下死。……（《淮海先生诗词丛话》）

叶楚伧：谁为赵宋之琼玖，端礼逐臣十八九。文章我数苏与欧，腾骧踔厉岂无偶？淮海先生裋褐来，歌词风骨世无有。自云天子念老臣，一谪再谪坚其守。中州之气尽衡郴，蜿蜒磅礴穷而走。丹砂竹箭不可当，惊人好句如何朽。……（同上）

王国维：梅圣俞《苏幕遮》词："落尽梨花春事了，满地斜阳，翠色和烟老。"刘融斋谓：少游一生似专学此种。（《人间

词话》)

又：冯梦华《宋六十一家词选序例》谓："淮海、小山，古之伤心人也。其淡语皆有味，浅语皆有致。"余谓此唯淮海足以当之。小山矜贵有余，但可方驾子野、方回，未足抗衡淮海也。（同上）

又：词之雅郑，在神不在貌。永叔、少游虽作艳语，终有品格，方之美成，便有淑女与倡伎之别。美成深远之致不及欧、秦，唯言情体物，穷极工巧，故不失为第一流之作者。但恨创调之才多，创意之才少耳。（同上）

又：诗至唐中叶以后，殆为羔雁之具矣。故五代北宋之诗，佳者绝少，而词则为其极盛时代。即诗词兼擅如永叔、少游者，词胜于诗远甚。以其写之于诗者，不若写之于词者之真也。（同上）

又：唐五代之词，有句而无篇。南宋名家之词，有篇而无句。有篇有句，唯李后主降宋后之作，及永叔、子瞻、少游、美成、稼轩数人而已。（同上）

又：北宋人如欧、苏、秦、黄，高则高矣，至精工博大，殊不逮先生。故以宋词比唐诗，则东坡似太白，欧、秦似摩诘，耆卿似乐天，方回、叔原则大历十子之流。（《人间词话·附录》）

又：温、韦之精艳，所以不如正中者，意境有深浅也。《珠玉》所以逊六一，小山所以愧淮海者，意境异也。……夫古今人词之以意胜者，莫若欧阳公，以境胜者，莫若秦少游。至意境两浑，则惟太白、后主、正中数人足以当之。静安之词，大抵意深于欧，而境次于秦。（同上）

历代秦观词集主要版本

宋绍兴年间刻《淮海集》，有《长短句》三卷，现藏日本浅草文库。

宋乾道年间刻《淮海集》，有《长短句》三卷，现藏故宫博物院。

宋绍熙年间谢雩重修《淮海集》，有《长短句》三卷，现藏北京图书馆。

明嘉靖年间张綖刻《淮海集》，有《长短句》三卷，现藏北京图书馆。

明嘉靖年间胡民表翻刻张綖《淮海集》，有《长短句》三卷，现藏北京图书馆。

明万历年间刘显爵刻《淮海集》，有《长短句》三卷，现藏上海图书馆。

明万历年间李之藻刻《淮海集》，有《长短句》三卷，现藏北京大学图书馆。

明万历年间王象晋刻《少游诗余》，汲古阁刊《词苑英华》本，与《南湖诗余》合称《秦张两先生诗余合璧》。

明末段斐君刻《淮海集》，有《长短句》三卷，现藏北京图书馆。

明末毛晋刻《淮海词》，一卷，有汲古阁刊《宋六十名家词》本与单行本二种。

明李廷芝刻《淮海集长短句》，一卷，现藏北京图书馆。

明钞《淮海词》，三卷，现藏南京图书馆。

清初钞本《淮海先生文集》，有《长短句》三卷，现藏北京图书馆。

清康熙年间余恭刻《淮海集》，有《长短句》三卷，现藏泰州图书馆。

清乾隆年间《四库全书》集部别集类《淮海集》,有《长短句》三卷。

清乾隆年间《四库全书》词曲类《淮海词》,一卷。

清嘉庆年间黄丕烈校《淮海先生文集》,有《长短句》三卷,现藏北京图书馆。

清道光年间王敬之刻《淮海集》,收入《四部备要》,有词一卷。

秦观词研究主要论著论文索引

笺释校注类

《淮海词笺注》．王辉曾．文化学社 1934 年版

《淮海居士长短句》．龙榆生．中华书局 1957 年版

《淮海居士长短句》．饶宗颐．龙门书局 1965 年版

《淮海词笺注》．杨世明．四川人民出版社 1984 年版

《淮海居士长短句》．徐培均．上海古籍出版社 1985 年版

《淮海词校注》．张璋．中州古籍出版社 1986 年版

《淮海词》．陈祖美．浙江古籍出版社 1987 年版

《秦观词详解》．王醒．花山文艺出版社 1992 年版

《淮海集笺注》．徐培均．上海古籍出版社 1994 年版

《秦观集编年校注》．周义敢、程自信、周雷．人民文学出版社 2001 年版

《秦观词新释辑评》．徐培均、罗立刚．中国书店 2003 年版

《秦观集》．王醒．山西古籍出版社 2004 年版

《秦观词选》．姚蓉、王兆鹏．中华书局 2005 年版

《秦观集》．刘尊明．凤凰出版社 2007 年版

《淮海居士长短句笺注》．徐培均．上海古籍出版社 2008 年版

《秦观词集》．徐培均．上海古籍出版社 2010 年版

论文类

《说"淮海词"四首》．沈祖棻．《光明日报》1957 年 5 月 26 日

《秦观和陆游怎样欣赏王维的作品》．丰今．《文学评论》1959 年第 5 期

《论婉约派词人秦观》.朱德才.《山东大学学报》1961 年第 4 期

《郴江误下潇湘去——秦观〈踏莎行〉赏析》.刘逸生.《名作欣赏》1981 年第 5 期

《秦观词浅论》.杨世明.《南充师院学报》.1982 年第 1 期

《瘴雨海棠写归魂——谈宋代词人秦观在广西》.毛水清.《学术论坛》1982 年第 3 期

《一首最好的"七夕"词——论秦观的〈鹊桥仙〉》.顾之京.《河北大学学报》1982 年第 4 期

《清丽婉约,含蓄蕴藉——试析秦观词的艺术特色》.周念先.《名作欣赏》1982 年第 4 期

《秦观〈满庭芳〉词考辨》.徐培均.《学术月刊》1982 年第 6 期

《略论淮海词的抒情艺术》.崔海正.《齐鲁学刊》1983 年第 1 期

《秦观〈好事近〉词考辨——与毛水清同志商榷》.喻志丹.《学术论坛》1983 年第 2 期

《试论秦观歌妓词的思想意义》.赵义山.《南充师院学报》1983 年第 3 期

《秦观〈千秋岁〉词考辨》.喻志丹.《学术论坛》1984 年第 1 期

《论秦少游词》.杨海明.《文学遗产》1984 年第 3 期

《秦观〈淮海词〉的思想及艺术成就初探》.朱淡文.《扬州师院学报》1984 年第 3 期

《试论秦观词的艺术特色》.赵晓兰.《四川师院学报》1984 年第 4 期

《简论秦观词》.叶元章.《青海社会科学》1984 年第 5 期

《灵谿词说(续十二)——论秦观词》.叶嘉莹.《四川大学学报》1985 年第 2 期

《〈淮海词〉版本考释》.秦子卿.《扬州师院学报》1985 年第 3 期

《秦观在北宋词坛的地位》.吴慧.《赣南师范学院学报》1985 年

第 3 期

《从〈满庭芳〉〈雨霖铃〉看秦柳词风之异同》.刘新文.《江淮论坛》1985 年第 4 期

《略论秦观词的艺术特色》.蔡起福.《苏州教育学院学刊》1986 年第 2 期

《关于秦观生平、思想的琐见》.程杰.《南京师大学报》1986 年第 2 期

《清丽婉约,辞情相称——说秦观〈满庭芳〉》.师长泰.《唐都学刊》1986 年第 3 期

《媚春幽花,自成馨逸——秦观词的审美特色》.钱鸿瑛.《文学遗产》1987 年第 1 期

《淮海词解话举隅》.唐文.《镇江师专学报》1987 年第 1 期

《秦少游的"复雅归宗"》.朱德才.《文史哲》1987 年第 1 期

《淮海词的艺术成就》.程伯安.《咸宁师专学报》1987 年第 2 期

《晏几道和秦观的比较研究》.万斌生.《抚州师专学报》1987 年第 2 期

《幽艳倩婉词,秦氏为大家——简论秦观》.徐金亭.《聊城师范学院学报》1987 年第 2 期

《秦观〈淮海词〉论辨》.陈祖美.《上海师范大学学报》1987 年第 4 期

《秦观词三首考释》.胡忆肖.《湖北大学学报》1987 年第 4 期

《论山谷词——兼与东坡词、淮海词比较》.徐培均.《上海社会科学院学术季刊》1987 年第 4 期

《试论秦观词的继承与创新》.薛祥生.《山东师大学报》1987 年第 4 期

《从苏轼、秦观词看词与诗的分合趋向——兼论苏词革新和传统的关系》.王水照.《复旦学报》1988 年第 1 期

《谈秦观后期词的思想价值》. 庄重.《九江师专学报》1988 年第 4 期

《说秦观〈画堂春〉》. 叶嘉莹.《名作欣赏》1988 年第 5 期

《北宋词之"本色"与淮海词》. 杨燕.《山东大学学报》. 1989 年第 3 期

《秦观词的悲剧美》. 丘振声.《学术论坛》1989 年第 4 期

《以"格式塔"心理学看秦观其人其作》. 李娜.《广西师范大学学报》1990 年第 1 期

《〈淮海词〉情辞兼胜的艺术特色》. 宋伯年.《南开学报》1990 年第 5 期

《东坡不满淮海词辨》. 萧延恕.《湖南科技大学学报》1990 年第 5 期

《〈淮海词〉审美个性初探》. 唐玲玲.《海南师院学报》1991 年第 3 期

《关于秦观的〈调笑转踏〉词》. 赵晓兰.《四川师范大学学报》1991 年第 3 期

《"深愁只解怨飞红"——秦观在处州》. 赵治中.《绥化师专学报》1991 年第 4 期

《悠悠人生离别情——秦观〈江城子〉赏析》. 孙立.《名作欣赏》1991 年第 5 期

《"专主情致"的秦观词》. 孙立.《淮阴师专学报》1992 年第 1 期

《浅论秦观词的气格》. 张富华.《新疆大学学报》1992 年第 2 期

《秦李词在艺术上的比较》. 张支林.《贵州师范大学学报》1992 年第 2 期

《试论秦观词的艺术传达方式》. 林静.《北华大学学报》1992 年第 3 期

《秦观词结句的艺术特点》. 谢振亨.《求索》1992 年第 5 期

《孤愁情结：〈淮海词〉艺术魅力一探》. 崔铭、马喧.《益阳师专学报》1993 年第 2 期

《论秦观词中的情感体验》. 蔡起福.《人文杂志》1993 年第 4 期

《秦观的"词心"及其遭遇与个性》. 马良信.《益阳师专学报》1993 年第 4 期

《从特定情境的运用看秦观词的艺术独特性》. 马喧、崔铭.《益阳师专学报》1994 年第 1 期

《秦观词三议——读诗札记》. 田晖东.《名作欣赏》1994 年第 2 期

《少游词"稍加以坡"浅议》. 朱苏权.《广东民族学院学报》1994 年第 3 期

《从北宋词的发展流程看秦观词的艺术特色》. 田维瑞.《烟台师范学院学报》1994 年第 4 期

《瞬间意识流动的外化——秦观〈浣溪沙·漠漠轻寒上小楼〉赏析》. 裘惠楞.《写作》1994 年第 5 期

《秦少游词论》. 田维瑞.《广西大学学报》1994 年第 5 期

《漂泊之身,频梦扬州——读秦观〈梦扬州〉》. 萧庆伟.《古典文学知识》1994 年第 5 期

《扑朔迷离,意在言外——秦观〈鹊桥仙〉词旨探微》. 庆振轩.《社科纵横》1994 年第 6 期

《秦观对婉约派词风的继承与发展》. 马建新.《山西大学师范学院学报》1995 年第 1 期

《秦观词散论》. 王同书.《江苏教育学院学报》1995 年第 1 期

《便作春江都是泪,流不尽许多愁——秦观词词风初探》. 朱晓慧.《福州师专学报》1995 年第 2 期

《一点词心属少游——试论秦观的〈淮海词〉》. 蒋文倩.《名作欣赏》1995 年第 6 期

《论秦观词作的水意象》. 马喳、崔铭.《益阳师专学报》1996 年第 1 期

《论秦观在词史上的地位及其影响》. 马良信.《郴州师专学报》1996 年第 1 期

《感伤美与淮海词风》. 朱苏权.《广东民族学院学报》1996 年第 1 期

《淮海情词品格简论》. 崔铭.《益阳师专学报》1996 年第 2 期

《评秦观〈鹊桥仙〉的三种英译》. 高阳懿.《四川外语学院学报》1997 年第 3 期

《试论秦观词的艺术特色》. 马云.《青海民族学院学报》1997 年第 3 期

《天涯断肠人——浅析秦观词化人格》. 梁文娟.《濮阳教育学院学报》1997 年第 4 期

《淮海居士未仕心态平议——兼与后山居士比较》. 张海鸥.《文学遗产》1997 年第 6 期

《试论秦观之写心词》. 蒋蕊.《六安师专学报》1998 年第 1 期

《少游"词心"，深契东坡——苏轼、秦观词异同论》. 杨胜宽.《西南师范大学学报》1998 年第 1 期

《秦观词的情韵之美与文化意蕴》. 戴建国.《安庆师院社会科学学报》1998 年第 2 期

《秦观词的语象分析》. 成娟阳.《邵阳师专学报》1998 年第 3 期

《试论苏轼与秦观用情的不同方式》. 杨胜宽.《社会科学研究》1998 年第 6 期

《词人秦观研究》. 刘德强.《学术月刊》1998 年第 10 期

《善言感伤——浅谈〈淮海词〉赢得盛誉的重要原因》. 朱苏权.《广州师院学报》1998 年第 10 期

《试论淮海词的"韵胜"》. 白灵阶.《河东学刊》1999 年第 1 期

《苏轼、秦观的词与宋人的尊体意识》. 王珏.《河南大学学报》1999 年第 1 期

《秦观词对人物情感层次的处理方式》. 刘圣关.《社科纵横》1999 年第 4 期

《论转捩北宋词风的秦观词》. 孙虹、任翌、朱晶.《西安电子科技大学学报》1999 年第 4 期

《试论秦观词之婉美》. 范晓燕.《湖南师范大学社会科学学报》2000 年第 1 期

《秦观性格论》. 刘海清.《中南民族学院学报》2000 年第 1 期

《试论秦观词的感伤基调》. 沈金梅.《连云港教育学院学报》2000 年第 1 期

《笔底情切切，言外意绵绵——浅议秦观词的艺术特色》. 熊竞华.《杭州教育学院学报》2000 年第 1 期

《爱情与哀愁交织的感伤世界——秦观爱情词的一个特点》. 杜尚华.《湛江师范学院学报》2000 年第 2 期

《北宋词的发展与秦观词的艺术》. 田维瑞、王建设.《武汉水利电力大学学报》2000 年第 2 期

《秦观〈踏莎行·郴州旅舍〉异文辨析》. 李明、陈志斌.《南华大学学报》2000 年第 3 期

《天光云影，摇荡绿波——析秦观词语工而入律特色》. 任翌、孙虹.《江南学院学报》2000 年第 3 期

《〈淮海集〉宋代版本源流考》. 毛凌文.《文献》2000 年第 4 期

《试论秦观词作中的冲淡之风》. 王新.《辽宁高职学报》2000 年第 4 期

《纤细幽微显个性——秦观李清照词异同比较》. 王爱玲.《河北学刊》. 2000 年第 4 期

《论秦观词的语言美》. 陈平.《江南学院学报》2001 年第 1 期

《论秦观的词学思想》.黄志浩.《江南学院学报》2001 年第 1 期

《20 世纪秦观词研究的定量分析》.刘尊明.《中国韵文学刊》2001 年第 2 期

《论秦观的政治态度和湖湘贬谪诗词》.罗敏中.《中国文学研究》2001 年第 2 期

《"韵"的呈现与宋代审美理想——对秦观词透视的又一角度》.邓红梅.《山东师大学报》2001 年第 3 期

《秦观变革词风的转捩点》.任翌、郑静芳.《古典文学知识》2001 年第 3 期

《论秦观词复雅归宗》.石爱民.《邢台职业技术学院学报》2001 年第 3 期

《论秦观词的气格》.肖健美.《新疆广播电视大学学报》2001 年第 3 期

《论秦观秋意词》.崔海正.《东岳论丛》2001 年第 4 期

《秦观与苏门词学"诗化"运动之离合》.傅蓉蓉.《赣南师范学院学报》2001 年第 4 期

《秦观词并非"少故实"——以〈千秋岁·水边沙外〉为例》.王辉斌.《淮南师范学院学报》2001 年第 4 期

《放花无语对斜晖——略谈秦观词的黄昏意象》.张介凡.《写作》2001 第 9 期

《元祐学术与元祐词坛》.彭国忠.《华东师范大学学报》2002 年第 2 期

《情感真炽,柔婉幽微——论秦观的词风》.钱爱华.《宿州教育学院学报》2002 年第 2 期

《秦观李清照词艺术风格比较》.吴丽清.《肇庆学院学报》2002 年第 6 期

《论秦观词的"情韵兼胜"》.胡小成.《海南师范学院学报》2003

年第 2 期

《淮海词简论》. 王珏.《河南大学学报》2003 年第 2 期

《试论小山词与淮海词的"闲雅风调"》. 叶帮义.《古典文学知识》2003 年第 2 期

《情韵兼胜,幽微婉美——〈淮海词〉愁情探析》. 朱晓慧.《福建工程学院学报》2003 年第 2 期

《悲剧生命的心灵之音——李煜、晏几道、秦观词词心比较》. 蒋晓城.《中国文学研究》2003 年第 3 期

《从〈淮海词〉结句之特色看秦观艺术人格的构建》. 张利亚.《西安石油大学学报》2003 年第 4 期

《元祐六年后的苏秦关系及其他——试论秦观〈踏莎行〉的曲折寄托》. 程怡.《华东师范大学学报》2003 年第 6 期

《婉约清丽的秦观词》. 韩国彩.《唐山学院学报》. 2004 年第 3 期

《秦观赋论与诗词创作》. 张丽华.《中国矿业大学学报》2004 年第 3 期

《秦观"词心"析论》. 邓乔彬.《文学遗产》2004 年第 4 期

《论秦观词的艺术价值及对心灵世界的开拓》. 张爱民.《宿州学院学报》2004 年第 4 期

《论秦观后期词凄婉的抒情特色》. 丘斯迈.《理论月刊》2004 年第 5 期

《浅说秦观词里的追忆情结》. 田恩铭.《乐山师范学院学报》2004 年第 6 期

《解读"秦七黄九"》. 邓子勉.《江苏教育学院学报》2005 年第 1 期

《秦观词〈踏莎行〉三种英译评析》. 王平.《肇庆学院学报》2005 年第 1 期

《论秦观的伤心词境》. 高峰、戴月舟.《南阳师范学院学报》2005 年第 2 期

《从〈人间词话〉看秦观词》. 何李.《四川职业技术学院学报》. 2005 年第 2 期

《论秦观词中色彩的情愁意蕴》. 孙超.《乐山师范学院学报》2005 年第 3 期

《苏轼与秦观词艺术风格比较》. 高坡.《吉林广播电视大学学报》2005 年第 4 期

《秦观词略论》. 程建忠.《成都大学学报》2005 年第 5 期

《北宋词坛的最佳词手——秦观》. 王兆鹏.《古典文学知识》2005 年第 5 期

《秦观李清照词之比较》. 张潆文.《长春师范学院学报》2005 年第 6 期

《水意象与秦观的情感世界》. 朱晓慧.《内蒙古大学学报》2005 年第 6 期

《秦观词的词境特点之表现及成因》. 牛卫东.《洛阳师范学院学报》2006 年第 1 期

《师承东坡，技道两进——论秦观与苏轼词风相似之作》. 马良信.《湘南学院学报》2006 年第 1 期

《试析秦观词的"妍丽丰逸"》. 黄晓芬.《南通大学学报》2006 年第 2 期

《论少游体》. 木斋.《江苏社会科学》2006 年第 5 期

《论秦观词的艺术精神及词史意义》. 乔力.《齐鲁学刊》. 2006 年第 5 期

《悲苦与绝望——秦观谪恨词的情感心态分析》. 曹章庆.《武汉科技学院学报》2006 年第 11 期

《繁华落尽是真纯——秦观与纳兰性德的词的异同》. 尹武.

《黑龙江教育学院学报》2006年第3期

《秦观〈御街行〉衍变臆说》. 房日晰.《陕西广播电视大学学报》2007年第2期

《秦观"词心"之探究》. 王菊芹.《济源职业技术学院学报》2007年第2期

《一生怀抱百忧中——秦观悲剧个性探析》. 胥秀丽、刘荣平.《集美大学学报》2007年第2期

《超越与执着——张耒与秦观贬谪心态之比较》. 刘红红.《哈尔滨学院学报》2007年第5期

《秦观性格及与秦观词之关系》. 杜立新.《名作欣赏》2007年第6期

《秦观〈阮郎归四首〉词旨述略》. 梅大圣.《乐山师范学院学报》2007年第6期

《论秦观词"韵美"的表现方式》. 杜立新.《名作欣赏》2007年第10期

《秦观词的女性形象与秦观人生角色的流变》. 徐志华.《聊城大学学报》2008年第1期

《八百年词学接受视野中的秦观词》. 朱丽霞.《云南大学学报》2008年第1期

《论"韵"与秦观词的艺术美》. 李春丽.《求是学刊》2008年第6期

《秦观词的艺术承继关系》. 李大伟、吕冬青.《前沿》2008年第9期

《小山词与淮海词之比较》. 刘静安.《长春师范学院学报》2008年第9期

《秦观词〈踏莎行·郴州旅舍〉原文考辨》. 侯河彬、蔡东洲.《内蒙古农业大学学报》2009年第1期

《试论秦观婉约词的审美倾向》. 潘高峰.《濮阳职业技术学院学报》2009 年第 1 期

《论秦观对东坡词的接受》. 彭文良、木斋.《浙江工业大学学报》2009 年第 1 期

《秦观的自卑情结与凄婉词风》. 许梨花、罗漫.《世界文学评论》2009 年第 1 期

《从秦观前期的几首词看秦观早年的"旷达"》. 王世立.《船山学刊》2009 年第 2 期

《初日芙蓉，晓风杨柳——论秦观词境中的"清"》. 徐拥军.《安徽理工大学学报》2009 年第 2 期

《党争政治下的一曲哀歌——论秦观贬谪时期的词创作历程》. 牛卫东.《名作欣赏》2009 年第 12 期

《小山、少游词采、词心比较》. 葛瑞华.《安阳师范学院学报》2010 年第 1 期

《秦观词的时间意象与生命意识》. 梁德林.《柳州师专学报》2010 年第 1 期

《西园梦断魂亦断——论秦观的"西园情结"与词风生成之关系》. 徐拥军.《苏州大学学报》2010 年第 1 期

《论秦观词的花意象及其生命意识》. 朱智萍.《怀化学院学报》2010 年第 1 期

《郴江幸自绕郴山，为谁流下潇湘去——略论秦观感伤词的艺术表现》. 董军.《临沧师范高等专科学校学报》2010 年第 3 期

《试论秦观词情韵兼胜的和谐之美》. 郭步山.《河西学院学报》2010 年第 3 期

《近百年来秦观生平及作品情况研究》. 吕斌.《牡丹江师范学院学报》2010 年第 4 期

《论秦观的春词》. 冯丽霞.《东莞理工学院学报》2010 年第 6 期

《论秦观词的"点染"艺术》.张美丽.《鸡西大学学报》2010 年第6 期

《自然与人工——浅论秦观词与姜夔词的不同风格及成因》.刘秋霞.《文学界(理论版)》2010 年第 11 期

《诗之本色,词之当行——杜甫绝句和秦观俗词之比较研究》.贺灵.《兴义民族师范学院学报》2011 年第 1 期

《性别心理:秦观〈鹊桥仙〉的别样解读》.李小荣.《古典文学知识》2011 年第 2 期

《试论淮海词的传播》.王玉娟.《内江师范学院学报》2011 年第3 期

《满身伤感,语中含泪——论秦观词的凄美婉约之境》.解文娟.《邢台学院学报》2011 年第 3 期

《宋人对秦观词的接受与宋代的词学观念》.叶帮义.《文艺理论研究》2011 年第 4 期

《秦观凄婉词风成因论略》.李世忠.《咸阳师范学院学报》2011 年第 5 期

《试论秦观词的时空描写》.晏慧.《文学界(理论版)》2011 年第5 期

《在悲苦不振中沉沦自灭——谈秦观贬谪词的情感轨迹》.张英.《常熟理工学院学报》2011 年第 5 期

《凄凉其词,高尚其志——秦观后期词探论》.庆振轩.《神州大学学报》2011 年第 6 期

《淮山淮海总是愁——论秦观词中的愁绪》.李岚.《淮海工学院学报》2011 年第 9 期

《论秦观词的"有我之境"》.屠志芬.《文艺评论》2011 年第10 期

《从传达方式看秦观词的"闺音化"成因》.叶琦.《文学界(理论

版)》2011 年第 11 期

《论秦观词的叙事艺术》. 张美丽.《名作欣赏》2011 年第 11 期

《试论北宋党争下苏门词人的心态》. 曹丽芳、任典云.《东岳论丛》2011 年第 12 期

《闲雅深婉〈淮海词〉——试论秦观词艺术特色》. 赵环.《名作欣赏》2011 年第 12 期

《柳永和秦观词中登高题材之比较研究》. 贺灵、向德俊.《兴义民族师范学院学报》2012 年第 1 期

《"艳情"渐隐,"身世"渐显——论秦观词艺术风格的演变》. 朱国伟.《名作欣赏》2012 年第 2 期

《秦观词之用典》. 薛艳.《韶关学院学报》2012 年第 3 期

《苏轼与秦观词中所彰显出的生命悲剧意识》. 陈蓉.《绵阳师范学院学报》2012 年第 3 期

《试析秦观慢词对赋法的吸收与新变》. 李洋.《安徽广播电视大学学报》2012 年第 4 期

《"秦七黄九"补说》. 宋学达.《齐齐哈尔大学学报》2012 年第 4 期

《论秦观词调选、用特点及其意义》. 曹辛华.《北京大学学报》2012 年第 5 期

《秦观词纯美意境的构成》. 张旭.《文艺评论》2012 年第 6 期

《花开花落总关情——试论秦观词中"花"的蕴意》. 赵丽玲、刘蜜.《湖北工业大学学报》2012 年第 6 期

《秦观与黄庭坚词的比较》. 王芳.《文学界(理论版)》2012 年第 10 期

《论〈淮海词〉月意象的三重性》. 高文.《求索》2012 年第 11 期

《秦观词论与其词的创作关系》. 黄澄华.《盐城师范学院学报》2013 年第 2 期

《秦观词集版本著录补正》. 黄水平.《阴山学刊》2013 年第 2 期

《秦观"词心"研究述评》. 郑玲.《池州学院学报》2013 年第 2 期

《〈白雨斋词话〉秦观"近开美成"说质疑》. 许净瞳.《太原理工大学学报》2013 年第 3 期

《论秦观词中的"忆旧"》. 秦帮兴.《齐齐哈尔师范高等专科学校学报》2013 年第 4 期

《秦观、周邦彦同中有异的沉郁词风比较》. 陈皓钰.《河南机电高等专科学校学报》2013 年第 5 期

《秦观〈望海潮〉四首发微》. 彭志.《乐山师范学院学报》2013 年第 6 期

《秦观词中的鸟类意象研究》. 孙丽薇.《文学教育（上）》2013 年第 6 期

《"秦七黄九"词创作差异略论》. 朱家元.《乐山师范学院学报》2013 年第 6 期

《论秦观词中的画境》. 钟巧灵.《湘南学院学报》2013 年第 6 期

《浅谈秦观词风的嬗变》. 王璐.《赤峰学院学报》2013 年第 11 期

《秦观词与现当代文学艺术创作》. 刘庆云.《中国韵文学刊》2014 年第 2 期

《秦观词研究之反思》. 欧明俊.《中国韵文学刊》2014 年第 2 期

《从历代词选、词评和唱和看秦观词的传播和地位》. 钱锡生、陈斌.《中国韵文学刊》2014 年第 2 期

《论宋词的画境艺术——以秦观词为代表》. 张翠丽.《金陵科技学院学报》2014 年第 3 期

《秦观恋情词类型及其写作特色管窥》. 郑翠兰.《襄阳职业技术学院学报》2014 年第 3 期

《秦观俗词论略》. 诸葛忆兵.《北京大学学报》2014 年第 3 期

《浅议秦观词的感伤基调》. 刘磊.《佳木斯教育学院学报》2014年第 5 期

《秦观词中的水意象》. 董为.《长江大学学报》2014 年第 6 期

《从〈踏莎行·雾失楼台〉看秦观的暮年心态》. 李秀敏.《语文建设》2014 年第 10 期。

图书在版编目（CIP）数据

秦观词全集 / 石海光编著 . -- 武汉：崇文书局，
2015.8（2024.1 重印）
（中国古典诗词校注评丛书）
ISBN 978-7-5403-3843-5

Ⅰ . ①秦… Ⅱ . ①石… Ⅲ . ①宋词—选集 Ⅳ .
① I222.844

中国版本图书馆 CIP 数据核字（2015）第 153035 号

丛书策划　王重阳
项目统筹　程可嘉
责任编辑　程可嘉
责任印刷　李佳超

秦观词全集

出版发行　长江出版传媒｜崇文书局
地　　址　武汉市雄楚大街 268 号 C 座 11 层
电　　话　（027）87293001　邮政编码　430070
印　　刷　中印南方印刷有限公司
开　　本　880mm×1230mm　　1/32
印　　张　6.75
字　　数　180 千字
版　　次　2015 年 8 月第 1 版
印　　次　2024 年 1 月第 5 次印刷
定　　价　36.00 元

CHONGWENGUAN

中国古典诗词校注评丛书

（已出书目）

诗经全集	韩偓诗全集
汉乐府全集	李煜全集
曹操全集	花间集笺注
曹丕全集	林逋诗全集
曹植全集	张先诗词全集
陆机诗全集	欧阳修词全集
谢朓全集	苏轼词全集
庾信诗全集	秦观词全集
陈子昂诗全集	周邦彦词全集
孟浩然诗全集	李清照全集
王维诗全集	陈与义诗词全集
高适诗全集	张元幹词全集
杜甫诗全集	朱淑真词全集
韦应物诗全集	辛弃疾诗词全集
刘禹锡诗全集	姜夔词全集
元稹诗全集	吴文英词全集
李贺全集	草堂诗馀
温庭筠词全集	王阳明诗全集
李商隐诗全集	纳兰词全集
韦庄诗词全集	龚自珍诗全集